かぞえきれない星の、その次の星

重松 清

角川書店

かぞえきれない星の、その次の星

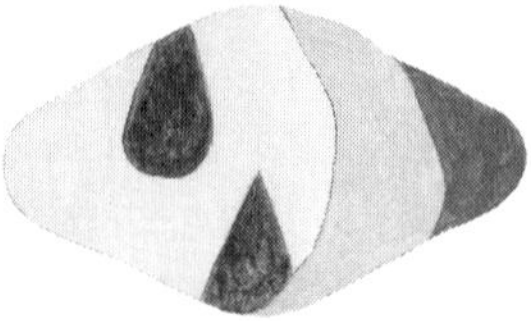

目次

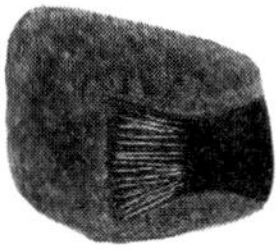

装画
秋山 花

装丁
池田進吾・千葉優花子
(next door design)

こいのぼりのナイショの仕事

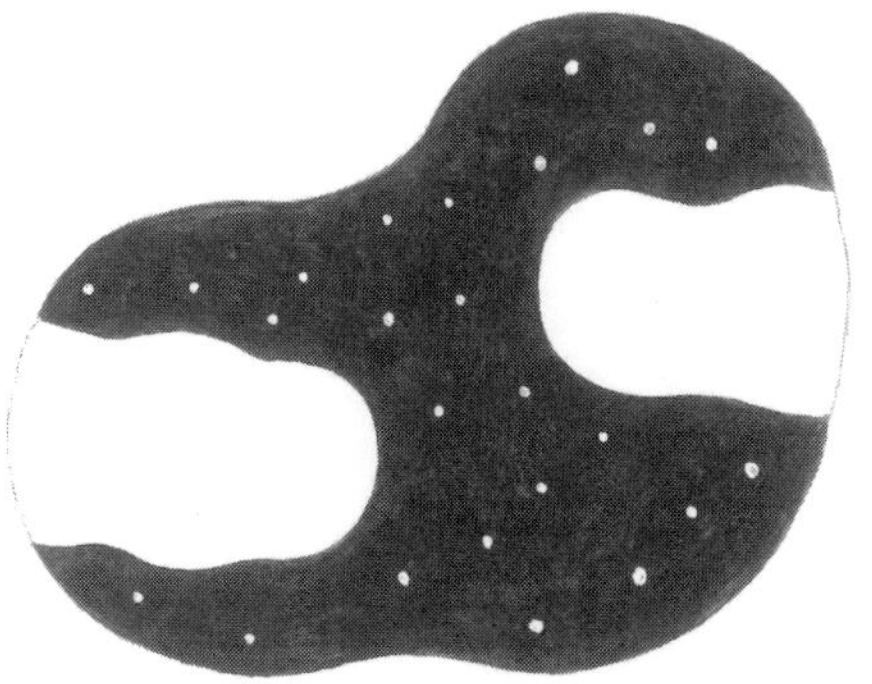

「今年はずいぶん静かですね」
ひさしぶりに希望ヶ丘《きぼうがおか》に帰ってきたツバメが言った。

風をはらんだ尾びれをバサバサ鳴らして、こいのぼりの黒い真鯉《まごい》が応えた。「こんな寂しい五月は初めてだ」

「ああ……まったくだ」

真鯉は、町のみんなから「校長先生」と呼ばれている。一緒の竿《さお》に結ばれた緋鯉《ひごい》は「保健室の先生」、青い子どもの鯉とピンクの子どもの鯉は、それぞれ「男子」と「女子」――このこいのぼりは、希望ヶ丘小学校が三十年前に開校したとき、町のみんながお金を出し合って学校にプレゼントしたのだ。

毎年四月の終わりから五月半ばにかけて校庭に揚げられる。今年も、オンラインの職員会議でそう決まった。

「誰にも見てもらえないのに?」

ツバメは竿のまわりを滑空しながら、意外そうに訊《き》いた。

「こういうのは、今年もまたいつものように、が大事なんだよ」

校長先生は諭《さと》すように言う。希望ヶ丘の空では最長老になるだけに、一言ひとことに重みがある。

「今年みたいなときは、なおさらな」

いつもの年なら、この時期の希望ヶ丘はとてもにぎやかだ。小学校では新しい教室に慣れた子どもたちが元気に走りまわっているし、ツバメが巣をつくっている駅前商店街は、恒例の『さつき祭り』で大いに盛り上がる。

だが今年は、三月の終わり頃から学校はしんと静まり返っている。卒業式や入学式という晴れ舞台を奪われた校庭の桜並木は、「せっかく満開になったのになあ」とぼやきながら花を散らし、もう葉桜になってしまった。

商店街の人通りもすっかり絶えた。『さつき祭り』は四月早々に中止が決まり、その頃からシャッターを降ろしたままの店も少なくない。

「南の国も同じです。春先から、町が急に静かになってしまいました」

ツバメは言った。寒さが苦手なツバメは、秋と冬を暖かい南の国で過ごす。そして、春の訪れとともにこの国にやってきて、卵を産み、子育てをするのだ。

「渡り鳥の仲間に聞いたところでは、どうやら、東の国でも西の国でも、北の国でも……要するに、どこの国でも似たような様子らしいですね」

世界はいま、未知のウイルスの恐怖にさらされている。ウイルスに感染すると重い症状に苦しめられ、命を落とすことも多い。初めてウイルスが確認されたのは去年の十二月だった。それからわずか半年足らずで、世界中で三百五十万人以上が感染して、二十五万人を超える人たちが亡くなった。

治療薬はない。ワクチンもない。感染を防ぐ手立てはただ一つ、他人との接触を断つことだけだった。

世界中の人の流れが止まった。外出禁止の命令が出た国や街もある。

この国でも、経済活動や長距離の移動に数々の制限が設けられた。学校もずっと休みになって、子どもたちは息をひそめて家に閉じこもり、オンラインで授業を受けている。

ツバメは竿のてっぺんに留まって、校長先生の顔を覗《のぞ》き込んだ。

「それで、先生、なにか私に用事でも……」

ひさびさの希望ヶ丘を空の上から見回っていたのだ。留守にしている間に増えた建物があるし、なくなった建物もある。巣づくりの場所や餌を探すルートは去年と同じでだいじょうぶか、新顔のカラスが棲みついたりしていないか、細かく確認しているところに、「おーい、ちょっと来てくれ」と声をかけられたのだ。

「うん、じつはな、頼みごとがあるんだ」

「と、いいますと?」

「希望ヶ丘にいるこいのぼりに伝言をしてほしいんだ」

「みんなに、ですか?」

「ああ、真鯉と緋鯉、おとなのこいのぼりはみんなだ」

「けっこういますよね」

「マンションのベランダの小さいのも入れれば、三十四から四十四はいるだろうな。長旅を終えたばかりで疲れてるところに悪いんだが……」

校長先生は申し訳なさそうに言った。

だが、ツバメは「とんでもない」と笑う。「伝令役は、昔から私たちの大切な仕事ですから」——ツバメの遠い遠い親類の、遠い遠いご先祖さまの一羽は、遠い遠い国の街角に立つ王子さまの銅像の伝令役を務め、銅像を飾る宝石や金箔を貧しい人のもとに届けていったのだ。

「喜んでお引き受けします。遠慮なくおっしゃってください」

「じゃあ——」

校長先生が尾びれを風になびかせながら伝言の内容を告げると、ツバメは「そんなことできるんですか?」と驚いた。

「できるんだよ、じつは」

「こいのぼりは、みんな？」

「ああ。もともと私たちは、子どもに元気に育ってほしいという親の願いを託されて泳いでるんだし、なにしろ空を泳げるんだ。じゃあ、その強みを活かさない手はないだろう？」

こいのぼりの目は、まんまるなまま、動かない。それでも、校長先生がいたずらっぽくウインクしたのは、ツバメにも伝わった。

「毎年やってるんですか？」

「ああ、毎年の、大事な仕事だ」

押入や物置から出されて空を泳ぐ、四月の終わりから五月の半ばにかけての短い日々の間に、その仕事をこなす。

「できれば晴れた日がいいんだが、高望みをしてるうちに天気がくずれて、雨がつづいたあげく、出番を逃したまま片づけられてしまうこともある。そうなるとすべてが台無しだ。とにかく一年に一度しかないわけだから、見極めが肝心なんだ」

希望ヶ丘でそれを取り仕切るのが、最長老の校長先生だった。

今年は――。

「どうも昼過ぎから風が少し重くなった。湿ってきたんだ」

文字どおり全身で風を受け止めているので、そのあたりの感覚は鋭い。

「明日から天気がぐずつきそうだな」

だから、今夜――。

「去年までは駅前のツバメに伝令を頼んでいたんだが、あのじいさん、今年は姿を見せてないいんだ。残念だが、歳が歳だけに、南の国にいる間に天に召されたのかもなあ」

今年からは、商店街のツバメに代替わりする。

「大役だ、しっかり頼むぞ。もちろん、駅前のじいさんもそうだったように、秘密厳守だ」

「いやあ、驚いたなあ。ほんとに、なんにも知りませんでした」

「真夜中の仕事だからな。きみたちは眠っているだろ？　もっと田舎ならフクロウの口止めが大変なんだが、希望ヶ丘にはフクロウのいる森はないからな」

だから、ずっと、誰も知らなかった。

「子どもたちの親もですか？」

ツバメが訊くと、校長先生は「もちろんだ」と答え、「人間はよけいなことを覚えてしまったからな」と続けた。

「よけいなこと？」

「夜中に夢を見る」

「はあ……」

「夢を見るからこそ、真夜中に起きた不思議なできごとを、なんだ、いまのは夢だったのか、と切り捨ててしまう。子どもが話したことなら、なおさらだ。夢でも見たんだろう、で終わる。そのおかげで、私たちの秘密の仕事は、ずっと知られずにすんだわけだ」

「でも、子どもたち本人は……」

「人間はもう一つ、とても大切だけど、ちょっと残念な力を持ってしまった」

「なんですか?」

「幼い頃の思い出を、永遠に記憶に残しておくことはできない。たいがいのことは、おとなになるまでに忘れてしまう」

忘れることは大切だ。すべてをいつまでも覚えていたら、頭の中がパンクしてしまうだろう。

「でも、なにを記憶に残し、なにを棄て去るか……私から見ると、どうも、人間はその選び方がうまくない。よけいなことをしつこく覚えていてしまうし、忘れずにいたほうがいいことにかぎって、思いだすための鍵をなくしてしまう」

こいのぼりとの真夜中の思い出も、そう。

「ほとんどの子どもたちの記憶には残らない。子どもたちの親も、本気にはしてくれない」

「なんだか……ちょっと残念ですね」

「私たちとしても、せっかくの仕事をなかったことにされるのは寂しいから、ふだんの年は、限られた子どもたちだけを相手にするんだ。その子たちは、ちゃんと覚えてくれる。両親やまわりのおとなたちも、それを笑わずに聞いてくれて、よかったね、と涙ぐんで喜んでくれる。だから私たちも、来年もがんばろう、と思えるんだ」

「その子どもたちって……」

ツバメの質問を、校長先生は笑って受け流し、答えてはくれなかった。

「悪いが、少しぐらいは秘密のままにしておきたい」

「……はい」

「どっちにしても、今年は、特別だ。希望ヶ丘の子どもたち全員に、夢としか思えないようなひとときを味わわせてやりたい」

百人以上いる。希望ヶ丘のこいのぼりを総動員しなくてはならない。

そのうち何人の子どもが「こんなことがあったんだよ」という話を親に信じてもらえて、何人の子どもがいつまでも覚えていてくれるかは、わからない。

「わからなくても、いいんだ。私たちは私たちにしかできないことを、やるだけだ」

校長先生は、自分自身を励ますように言った。

質問が宙ぶらりんになってしまったツバメも、気を取り直して「よーし、じゃあ、さっそく行くか」と翼を広げた。二股になった尾の先で、竿のてっぺんの風車をつき、景気づけにカラカラと回す。

「悪いけど、頼むぞ」

「お任せください。まずは一丁目から向かいます」

ツバメは地面に向かって勢いよく滑空して、ぎりぎりのところで身をひるがえして上昇に転じた。

「これは伝え甲斐《がい》のある仕事だぞーっ」

張り切るツバメに、おいおい、と校長先生はやんわりと釘を刺す。

「さっきも言ったけど、こいのぼり以外のみんなにはナイショだぞ」

特に人間にはな、と付け加えて、口から尾びれまで風を送り込んだ。体を「く」の字に折って、伸ばして、バサバサッと音をたてる。それが、校長先生の上機嫌なときの癖だった。


ツバメが風を切って飛び去ると、校長先生は保健室の先生と男子と女子に「いま聞いたとおりだ」と声をかけた。「まあ、そういうことだよ」

「今年は、病院に行かないんですか?」

男子と女子が声を合わせて訊いた。少し心配そうな口調だった。

その気持ちは校長先生にもわかる。だから、「まさか」と笑って言った。「希望ヶ丘の子どもたち全員なんだから、病院の子も、もちろんいるさ」

「そうよ」と保健室の先生も言った。「ほんとうは寂しいことだけど、毎年楽しみにしてる子だって、いるんだから」

希望ヶ丘には大学の附属病院がある。その小児病棟には、他の病院では治せないような重い病気の子がたくさん入院している。

いつもの年は、校長先生が選んだ何匹かのこいのぼりが病院を訪ねて、仕事をする。おじいさんやおばあさんのこいのぼりが多い。こういうことには、やはり、経験が必要なのだ。

狙いどおり、子どもたちはみんな、こいのぼりからのプレゼントを喜んでくれる。お父さんやお母さんも、朝になってその話を聞くと、決して「寝ぼけてたんだな」「夢でも見たんでしょ?」などとは言わずに、「よかったなあ」「よかったね」と喜んで、泣き笑いの顔になって子どもたちの頭を撫《な》でてくれるのだ。そんな家族の光景を思い浮かべるのがこいのぼりにとっても励みで、それがあるからこそ、次の年まで、真っ暗で湿っぽい押入や物置で過ごす長い日々にも耐えられる。

「でも、今年は、とにかく、希望ヶ丘の子どもたち全員だからな。町じゅうのこいのぼりを総動員しなくちゃ追いつかない」

ツバメは、いまごろ希望ヶ丘の町を細かく回っているだろう。お屋敷の庭で泳ぐ大きなこいのぼりから、マンションやアパートのベランダに飾られた小さなこいのぼりまで、一匹ずつに校長先生のメッセージを伝える。

今夜だぞ――。

日付の変わる頃に、尾びれを思いきり振れば、こいのぼりを竿につなぎとめている紐が、するりとはずれる。

こいのぼりは夜空を自由に泳げるようになる。

「みんな手伝ってくれるといいけどなあ」

女子が心配そうに言う。

「だいじょうぶよ」

保健室の先生が優しく言った。「わたしたちは、子どもの幸せのためにいるんだから」

その話を引き取った校長先生は、「問題は、初めての連中がうまく泳げるかどうかなんだが……」と苦笑して、「ご先祖さまから受け継いだものを早く思いだしてもらわないとな」と言った。

もともと、こいのぼりは夜ごと泳いでいたのだ。いたずら好きのタヌキやキツネが暇つぶしに人をだまし、河原では河童《かっぱ》が身をひそめ、ときどき天狗《てんぐ》が山から降りてきていた頃の話だ。

こいのぼりは真夜中に、子どもたちにそっと声をかける。

起きなさい、さあ、外に出よう——。

そして、おとなたちは誰も知らない、こいのぼりの秘密の仕事が始まるのだ。

いまでは、その仕事はほとんど忘れられている。こいのぼりが泳ぐには、真夜中の町は、もう、明るすぎるのだ。

それでも、年に一度だけ、限られた子どもたちのために、こいのぼりは昔のように夜空を泳ぐ。今年は、限られた子どもたちが、そっくりそのまま、町じゅうの子どもたちになってしまったのだ。

「ねえねえ、校長先生」

男子が言った。「ぼくも手伝いたいんだけど、だめですか？」

それを聞いて、女子も「わたしも！」と声を挙げた。

「ありがとう。でも、きみたちはいつものとおり留守番だ」

「えーっ……」「残念……」

残念なのは校長先生も同じだ。手伝わせてやりたいのはやまやまでも、子どものこいのぼりには任せられない。この仕事になにより必要なのは、夜空を力強く泳ぐたくましさと、人間の子どもが安心して身も心も委ねられる頼もしさ——要するに、おとなの優しさなのだ。

「でも、ベランダのこいのぼりは、ぼくたちより、もっと小さいんじゃないですか？」

「小さくても、真鯉も緋鯉も、おとなだ」

「だって……」

「おとなにしかできない仕事なんだよ、これは」

諭すように言って、話を終えた。

ほんとうは、子どものこいのぼりに留守番をさせる理由は、別にある。

子どものこいのぼりが元気いっぱいに夜空を自由に泳いでいると、それを見る人間の子どもたちの中には、フクザツな思いになってしまう子もいるかもしれない。いいなあ、楽しそうだなあ、と元気のよさをうらやましく思って、ひるがえって自分のことを思うと、寂しくなって、悲しくなって……。

せっかくのプレゼントが逆効果になってしまってはいけない。

夜の闇に紛れ、星の光に導かれて、こいのぼりが訪ねるのは、部屋の外に出られない子どもたちの夢の中だから——。

＊

長い入院生活を送っている子どもは、ときどき空を飛ぶ夢を見る。

戦争や災害や、その他いろいろな事情で、しばらく外で遊べなくなっている子どもも、そう。

科学的に理由を考えるなら、おそらく「無意識」や「深層心理」、あるいは「抑圧」「願望」「解放」といった言葉が並ぶはずだ。

でも、それだけでは説明がつかないこともある。

この国では、子どもたちが空を飛ぶ夢を見た報告が最も多く寄せられるのは、四月の終わりから五月半ばにかけて、だという。

＊

その夜、おとなたちが寝静まった頃、現実の希望ヶ丘の夜空は、子どもたちの夢の世界の夜空と入れ替わった。

満天の星の下、何十匹ものこいのぼりが空を泳ぐ。それぞれの背には、子どもたちが乗っている。

校長先生は、入学したばかりの一年生を五人も背に乗せた。まだ一度も教室で友だちと会っていない五人は、とてもうれしそうに空から町を眺め、おしゃべりをして、笑っていた。

保健室の先生が乗せた六年生の男子二人は、外で遊べない欲求不満がよほど溜まっていたらしく、先生の背中でプロレスごっこを始めてしまい、「ねえ、落っこちないでよ」と先生をはらはらさせる。

町じゅうの子どもたちが空を飛び交って、歓声を挙げて笑い合う。静かすぎた春の寂しさを埋め合わせるように、星明かりのもと、子どもたちははしゃいで遊ぶ。

こいのぼりのほとんどは、子どもたちを乗せて空を泳ぐのは初めてだった。最初のうちはさすがに危なっかしい泳ぎ方で、子どもたちがヒヤッとする場面もないわけではなかったが、一匹また一匹と、ご先祖さまから受け継いだものがよみがえって、すいすいと泳ぐようになった。ツバメは張り切りすぎて、スナック菓子のおまけについていた紙製の真鯉にまで声をかけていた。校長先生も最初は正直、まいったなあ、と思っていたのだ。ところが、いざ仕事を始めると、その真鯉が最初にこいのぼりの本分を思いだして、みごとな泳ぎっぷりを披露したのだから、この世界もなかなか奥が深い。

小児病棟の子どもたちもいる。

まわりの子より頭一つ大きな少年が、こいのぼりの尾びれにまたがって、背筋をピンと伸ばしている。細くすぼまった尾びれに乗るにはコツが要る。颯爽《さっそう》と乗りこなす少年は、これで三年連続、空を飛ぶ夜を過ごしている。小児病棟ではすっかり古株だ。

ああ、今年も、なんだな……。少年を背に乗せたこいのぼりのおじいちゃんは、心の中でつぶやく。退院できなかったのを悲しむべきなのか、再会できたことにとりあえず安堵《あんど》すべきなのか。よくわからないまま、おじいちゃんは、少年が落っこちないよう加減しながら身をくねらせる。

「いいぞ、もっともっと!」と、少年の元気いっぱいの声が夜空に響く。現実の少年は、数日前から容態が悪化して危篤状態に陥っている。気管に人工呼吸器のチューブを挿入されて昏々《こんこん》と眠りつづけ、お父さんにもお母さんにも、もう「さよなら」の一言すら届けることはできないのだが。

初めてこいのぼりの背に乗る子もいた。先月入院したばかりの女の子だ。まだ小学校に上がる前のその子は、最初は怖がりながら下界を覗き込んでいたが、慣れてくるとどんどん元気になって、知らない子と空中ですれ違ったときには、ハイタッチまで交わした。

それを見た別の子どもたちもハイタッチを真似するようになり、やがて声もかけ合うようになった。

「学校が始まったら遊ぼう!」「うん、約束だよ!」「元気になったら一緒に遊ぼう!」「待ってるよ!」「また会いたい!」「会えるよ、絶対に!」……。

背中に響く子どもたちの声を聞きながら、こいのぼりたちは、ちょっと泣いた。

だからその夜遅く、希望ヶ丘には少しだけ雨が降った。

ともしび

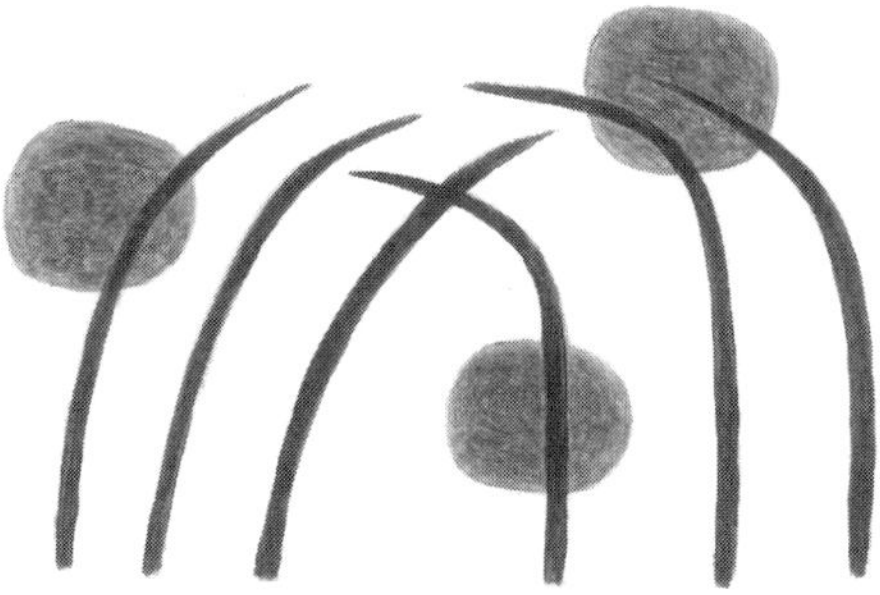

昔むかしの農村には、虫送りという行事があった。田植えをした稲がすくすくと伸びてきた六月頃、稲や畑の作物を食い荒らす害虫が田んぼに来ないよう、村の人びとが夜にたいまつを持って練り歩く。すると、虫たちは炎や煙が嫌いなので、遠くに逃げていくのだという。

殺虫剤を使って殺してしまうのではなく、「あっちに行って」と追い払うのは、昔の人びとの優しさのあらわれなのだろうか。

そんなことないよ――。

きみは口をとがらせて言い返すかもしれない。虫たちは自分のごはんを食べているだけなのに、それを「いい虫」と「悪い虫」に分けるなんて身勝手じゃないか、と。

別のきみは、追い払われた虫の行き先を心配するだろうか。逃げ込んだ隣の村でも虫送りをやっていたら……そのまた隣の村にも、たいまつの煙がたちこめていたら……。

どこにも居場所がなくなった虫たちのことを思って涙ぐんでしまう、そんな三人目のきみだっているだろうな。

きみたちはみんな優しい。

だから今日、みんなは、この谷間の小さな村にいる。

＊

村には伝説がある。一千年以上も昔の話だ。

みやこで大きないくさがあった。たくさんの人が殺され、たくさんの家が焼かれた。やがて戦いに決着がつき、敗れた側の人たちは、みやこを追い払われてしまった――まるで虫送りの虫のように。

しかも、虫送りとは違って、敵が追いかけてくる。味方の勇ましい男たちはみんな殺されて、残っているのは女性や子ども、老人ばかりだった。敵に捕まると、ひとたまりもない。人びとは散り散りになって、海のほうへ山のほうへと逃げていった。

この谷間の村にも、いくさの話は伝わっていた。十人ほどがこの付近に逃げ込んでいるという。山や森に慣れていない追っ手は、村人たちに「あいつらを捕まえろ」と命じた。

でも、村人は話し合って、その命令を守らないことに決めた。命からがら逃げてきた人たちを、追っ手に差し出すのは、あまりにもかわいそうだ。助けてやろう。かくまってやろう。村の仲間にしてやろう。

平らな土地などほとんどない山奥だ。斜面に沿って一段一段切り拓《ひら》いていった棚田は、どの田んぼも小さく、形が不ぞろいで、村人が命をつなぐぎりぎりの量のお米しか穫《と》れない。みやこから逃げてきた人たちを村に加える余裕などないはずなのだ、ほんとうは。

それでも村人は優しかった。反対する人は誰もいなかった。

なぜって、陽当たりも水はけも悪い谷間にしか村をつくれなかった人たちは、つまりは、ずっと負けてきたのだから。

争うことが苦手だったり、相手の裏をかくことが嫌いだったりした人たちが、このあたりのあちこちの村にいた。彼らはみんな勝負に負けた。もしくは、ほんとうは勝っていたはずなのに、負けた相手を慰めたり励ましたりしているうちに、勝手に決まりを変えられて敗者の側に突き落とされた。そうやってふるさとを追い払われた人たちが、この村をつくったのだ。

同じだ。みんな、無言で確かめ合った。

負けてしまった人、うまくいかなかった人、力のない人……みんな同じだ。ならば、逃げてきた彼らを救わない理由がどこにある?

話し合いをした日の夜から、棚田のあぜ道に、かがり火が焚《た》かれるようになった。山奥で道に迷うと、オオカミやイノシシ、クマに襲われてしまう。だから、かがり火の炎を目印にしてくれるといい。ここに村があるぞ、こっちに向かえばいいんだぞ、早くおいで、早く、早く……。

谷間の村に、新しい仲間たちが加わったのは、数日後のことだった。

ほんとうにあった出来事かどうかは、わからない。伝説とはそういうものだ。

一千年もの長い歳月が流れれば、かがり火の意味も変わってくる。

実際の季節は秋だったのが、いつの頃からか、六月の虫送りと重なり合う行事になった。

いくさに敗れた人たちを迎える村人の優しさも、誰が決めたというわけではなく、年月をかけて、ゆるやかに、虫たちへの優しさに変わっていった。

この村は、虫迎えの村だった。まわりの農村が虫送りで追い払った虫たちを、こっちにおいで、と呼び寄せる村だった。きみたちが生まれる——というか、きみたちのおじいちゃんやおばあちゃんが生まれる前の話だ。

農薬の普及や農業全般の衰退によって、全国各地で虫送りはすっかりすたれてしまった。この村の虫迎えも、同じように、長らく忘れ去られていた。

それが復活したのは、十年ほど前。
きみたちのような――学校になじめず、自分のウチでも安らげない、つまり、自分の居場所をなくした子どもたちのことが社会の問題になってきた頃だった。

きみたちは昨日から二日がかりで、棚田のあぜ道にランプを置いた。そうそう、かがり火では火事が心配なのでランプに替わったのも、時代の流れによる変化だな。
今年のランプの数は三百を超えた。学校に通えない子や、自宅で虐待を受けて施設で保護されている子は、悔しいけれど、どんどん増えている。本人や支援者のリクエストにこたえて準備するランプの数も……。
きみたちは、ランプをリクエストした子どもの代表選手のようなものだ。二泊三日で村に来て、虫迎えの行事を手伝ってくれる。ありがとう。楽しんでくれるといい。でも、そんなきみたちの人数も毎年最多記録を更新している。それが、哀しい。

ゆうべはみんなで、お互いのつらいことをたくさん話した。初対面の人がほとんどだったのに、みんなすぐに仲良くなって、最後は泣きながらハグする二人までいた。つらいことを分かち合うと少しだけでも楽になれるのだろうか。ほんとうは、きみたちには、好きなアイドルの話で仲良くなってほしかったのだけれど。

「一人じゃないよね」

きみが言った。

「うん、一人じゃない、ない、ない」

きみと手をつないだ相手のきみが笑う。

胸に名札はつけてもらっているけれど、名前は覚えないことにした。きみは、世界でたった一人のかけがえのない存在だ。でも、だからこそ、虫迎えの行事に興味を持ってくれた人たちに「自分と同じかも」と思ってもらいたいから、あえて、みんなを「きみ」にする。

きみがいて、きみとしゃべっているきみがいて、それを少し離れたところから見ているきみがいる。

きみを待っている誰かがいる。居場所をなくしたきみに、こっちにおいでよ、ここにいればいいんだよ、と手招いている誰かがいる。

いま、目に見える場所には誰もいなくても。

どこかに必ずいるんだと信じていられれば。

きみは一人じゃない。


「ねえ――」

ランプをあぜ道に置きながら、小学五年生のきみはぽつりと言った。「ゆうべのこと、覚えてる?」

もちろん。忘れるはずがない。

きみはホタルを見つけたのだ。都会に暮らしているきみは生まれて初めてホタルを見たので、大喜びして、捕まえようとした。

それを見て、中学二年生のきみが、「やめなよ」と止めたのだ。「ホタルって、成虫になってから十日ぐらいしか生きてられないんだから、捕まえたらかわいそうだよ」

小学五年生のきみは、ゆうべはとりあえず「はーい」と引き下がったあと、いまになって「ほんとなの?」と訊《き》いてきたのだ。

「ああ、そうだよ。ずーっと川の中や土の中にいて、空を飛べるのは、長くても二週間ぐらいなんだ」

「そんなに短いの?」

「ああ……」

でも体のサイズとの比較で言えば、人間の寿命がだいたい八十年というのも、けっこう短いんだぞ――と、心の中で付け加えた。

「かわいそー、ホタル」

「まあな……でも、川や土の中にいるときだって幸せかもしれないんだぞ。ほんとうは、お尻を光らせて空を飛ぶのは、本人には全然面白くないかもしれないんだし」

きみは「本人って、人じゃないんですけど」と笑ったあと、ちょっとまじめに言った。

「じゃあ、ゆうべのホタル、今夜の虫迎え、見られるかどうか、わからないの?」

ゆうべが、ホタルの短い一生の最後の一日だったら、そうなる。

だが、あのホタルに、生きる時間がもうちょっと残されているなら、命が尽きる前に、今夜の虫迎えを見ることができる。

「そっかあ。見せてあげたいなあ」

きみは言った。

なぜなら——。

「ランプのあかりがたーくさん並んでるのをホタルが見ると、友だちがみんな集まってるように見えるんじゃない? 寿命の短いホタルって、友だちがどんどん死んじゃうわけだから……最後の最後に、みんないるんだ、友だちがたくさんいるんだ、って思わせてあげたいと思わない?」

ありがとう。きみはとても優しい子だ。名札をもとに参加者のプロフィールをチェックした。きみは、いじめにあっていた同じクラスの子をかばって、自分がいじめの標的になって、学校に通えなくなってしまったんだな。

ありがとう。

そして、ごめんな、こんな世の中にしてしまったのは、おとななんだよ。

小学五年生のきみが見つけたホタルは、何日前にサナギから成虫になったのだろう。間に合うといい。

六月は、この地方では、ホタルの時季だ。早めに成虫になったホタルは、残念ながら虫迎えのともしびを見ることはできない。寝坊をして遅くサナギから羽化したホタルは、最初から友だちの数が少なく、それも毎日どんどん減っていく寂しさを味わってきた。

だから、せめて寝坊をしたホタル——もしかしたら、ホタルの世界で「間抜け」だの「グズ」だのと、いじめられていたかもしれないのんびり屋には、最後の最後に友だちに囲まれている夢を見ていてほしい。

どうせだったら、この虫迎えの行事の意味も、「ホタルのはかない一生を少しでもにぎやかにしてあげるために」というふうに変わっていい。伝説とはそういうものだ。筋書きは変わっても、根っこの根っこの、いっとう大切なところがつながっていればいいじゃないか……。

ほんとうだぞ。変えていい。何十代目かの村長を務め、虫迎えの行事を復活させた私が言うのだから、だいじょうぶ。

私がなぜ復活させたか、だって？

細かいことは訊かないでほしい。

ただ、私は高校を卒業したら早々にふるさとを離れた。虫送りの風習すら知らない人たちばかりの暮らす都会で働き、結婚をして、子どもができて、その子が、学校になじめなくて……。

悩んで、困り果てて、落ち込んで、さんざん自分を責めたはてに、ふるさとの伝説を初めて知った。それがすべての始まりだった。

ウチの子ども？

会いたければ、村のはずれの墓地に行けばいい。


日没前にすべてのランプをあぜ道に置き、あとはおとなたちが一つずつ火をつけた。三百以上のランプに火をともすのは、時間がかかる。棚田のすべてのランプがともった頃には、陽はとっぷりと暮れ落ちていた。

蛍光灯やＬＥＤの光に比べると、ランプの小さな炎はほの暗い。光に、ほんのわずかな影が溶けていて、でも、不思議と温かい。

その光に引き寄せられて、ヨコバイが来る。カナブンやガも来る。虫送りで追い払われた虫たちが、みんな集まってくる。

それを見て、きみたちは大喜びだった。

ゆうべもそうだったように、今夜もまた、泊まっているお寺の本堂に帰ったあと、しばらくはおしゃべりに花が咲いてしまうのだろう。見回りの和尚《おしょう》さんに注意されても、なかなか興奮は冷めずに、眠っても夜明け前に早起きしてしまった子は、ツユクサを見るためにこっそり本堂を出て、和尚さんを心配させるのだろう。

それでいい。

きみたちは、目に見える範囲では一人でも、一人ぼっちではない。

きみたちが来るのを待っていて、歓迎してくれて、きみたちがいまここにいることを喜んで、いなくなったら心配してくれる人は、きっと——必ず、なにがあっても、いる。


ホタルが来た。小学五年生のきみのすぐそばを、お尻を光らせながら飛んでいた。

「なんか、お礼言ってくれてるみたい」

きみは戸惑いながら、でもうれしそうに言った。「友だちを増やしてくれて、ありがとう、って言ってるのかなあ」

中学二年生のきみは、それを聞いて、「虫なんてなーんにも考えてないって」と冷ややかに笑った。

でも、中学二年生のきみは、翌朝——二泊三日のツアーの最後の最後に、小学五年生のきみにケータイの番号やメールアドレスを伝えた。小学五年生のきみは、すごく、すっごくうれしそうだった。

友だちが増えたんだよ、小学五年生のきみも、中学二年生のきみも……それから、夜明け前に動かなくなってしまったホタルも、最後の最後に。


ツアーの参加者を乗せた帰りのバスがすべて村を出たあと、一人の若者が私に言った。

「今年もお疲れさま、お父さん」

三日がかりで村の墓地の草むしりをすませた息子は、「昔のオレみたいな子、今年もたくさんいた?」と訊いてきた。

私は「いたよ」とバスの走り去ったあとの道路をぼんやり見つめて答えた。「毎年いるんだ、ずーっと」

息子は「まあ、がんばってほしいよね」と少し照れくさそうに笑って、「これ、食べる?」とビワの実を私にくれた。墓地のそばにはビワの木があって、いまの時季は実がすずなりなのだ。

皮をむいて、かぶりついた。冷やしていないビワの実は決して美味《おい》しくはなかったが、果汁の甘みは、そのぶん強まって、舌に優しく染みていった。

*

谷間の小さな村を、あなたは気に入ってくれただろうか。一度訪ねてみたいと思ってくれたなら、すごくうれしい。

もっとも、残念ながら、その場所を明かすわけにはいかない。村長は村おこしも考える一方で、村人のふだんの暮らしも大切にしなくてはならないのだ。

だが、もしもあなたが、居場所をなくした人を迎え入れてくれる場所を探しているなら——。

思いだしてくれないか。

あなたが子どもだった頃、一番優しかった人たちを。子ども心に「このおじさんやおばさん、いいひとだけど、損ばかりしてるだろうなあ」と思っていた人たちを。

もう二度と会えなくても、その人たちのつくった村は、必ずある。その村は、いつだって、あなたや、あなたの大切な人を待っている。

どこにある——？

あ、ここだ。
記憶の谷間にあった。
自分の胸をつついて笑うあなたに、ホタルの小さな灯《ひ》をお渡しします。

天の川の両岸

――右岸――

「じゃあね、おやすみ」

声をかけたあと、心の中で、いっち、にぃ、さん、と数えてからタブレット端末のディスプレイをタップした。お別れの余韻を味わいたくても、現実はあまりにもあっけない。タップと同時にブラウザの画面から聡美《さとみ》の顔が消えて、それっきり。

聡美のパパは、タブレット端末をテーブルに置き、缶チューハイを手にベランダに出た。LDKに小さな寝室がついただけの手狭な賃貸マンションだ。ベランダも洗濯物を干すのがせいぜいの窮屈なものだったが、朝から籠もりきりで仕事をしていた身には、外の空気を吸うだけでも大事な気分転換になる。

夜空を見上げた。雨が降ったりやんだりの一日だった。いまは運良く「やんだり」のタイミング――ただし、雲は厚く垂れ込めていて、いつまた降り出すかわからない。

聡美の街も天気が悪かったらしい。聡美の背後には、ベランダからリビングに入れた七夕の小さな笹飾りが映り込んでいた。

笹飾りは、折り紙でつくった提灯《ちょうちん》や吹き流し、お星さまや巻き貝で彩られていた。去年は飾りものは全部ママがつくった。でも今年は、聡美も手伝ったはずだ。なにしろ、この四月から、聡美は幼稚園の年長組になったのだから。

それを訊《き》いてやればよかったかな、大いばりで教えてくれたかな、と少し悔やんだ。オンライン会議システムを使った毎晩五分ほどのおしゃべりタイムは、いつも「あのね、あのね、あのね……」と聡美がほとんど一人で話す。特に今夜は通信の調子が良くなかったので、声が聞き取れないことも多く、パパは相槌《あいづち》を打つのが精一杯だったのだ。

ベランダのフェンスに頰杖をついて、チューハイのプルリングを開けた。

すると、隣の部屋のベランダから——。

「お疲れさまです」

仕切り板越しに、若い男に声をかけられた。

パパは一瞬驚いたが、すぐに頰をゆるめ、「なんだ、いたの」と応《こた》えた。

「ええ……ぼーっとしてたんですけど、せっかくだからしゃべりたいな、と思って」

安普請のマンションなので、隣室の生活音はどうしても聞こえてくる。最初は——単身赴任を始めて間もない四月頃はそれが気になってしかたなかったが、四ヶ月目に入ったいまは平気、というより、お隣さんの気配が伝わってくるのが、むしろうれしい。

「井上《いのうえ》さん、お酒飲んでるんですか?」

「ああ……」

「じゃ、オレも付き合おう、っと」

部屋の中に入って、冷蔵庫から飲み物を取り出して、また小走りに戻ってくる。

「今日もレモンの炭酸水?」

「じゃなくて、ライム。期間限定なんです」

隣人の名前は山本《やまもと》くんという。パパの晩酌に「付き合う」とは言いながら、お酒は飲まない。正確には飲めない。彼はまだ十八歳で、四月に大学に入学して、このマンションで一人暮らしを始めたのだ。

未成年の山本くんが、ほんとうにソフトドリンクしか飲んでいないのか、仕切り板があるので、確かめるすべはない。

そもそも山本くんがどんな顔をしているのか、パパは知らない。山本くんもパパの顔を知らない。正確には、お互い、知っているのは顔の上半分だけ——二人がじかに会うとき、それぞれの顔の下半分は、いつもマスクに隠されているのだ。

「じゃあ、かんぱーい」

山本くんの声に合わせて、パパはチューハイの缶を虚空に軽く掲げた。

ふと見上げると夜空の雲が切れていて、ほんの少しだけ、星が見えた。

明日の夜は、七夕だ。


この年の春先から、世界中で厄介なウイルスが流行《はや》っていた。人から人へとうつる。重症化すると、死んでしまうことも少なくない。治療する薬も、予防する薬も、まだない。つまり、人びとにできる手立ては「うつらない」「うつさない」だけなのだ。

さらに厄介なことに、このウイルスは、うつったあとも、まったく症状が出ない人も多いのだ。だから、自分がうつっているのかどうかわからない。だいじょうぶだろうと思って街を歩くと、ウイルスを見ず知らずのたくさんの人にまきちらしてしまうかもしれない。

いまパパのいる街は、そのウイルスが最も広がって、深刻な事態に陥っている。三月の終わりに、少し大きな仕事を任されてこの街に来た。四月の終わりまでの出張のはずだった。ところが、その一ヶ月の間にウイルスがどんどん広がってしまって、街の人びとは、ほとんど外出できなくなった。

街の外にも、もちろん出られない——たとえ、そこが我が家でも。

早く帰りたい。ママに会いたい。聡美に会いたい。でも、我が家に帰って、もしも二人にウイルスをうつしてしまったら大変だ。

大切で大好きな相手であればあるほど、会えない——。

ひどい話だ。

山本くんもそう。せっかく大学に合格したのに、入学式が中止になったのを皮切りに、授業がすべてオンラインになり、キャンパスも立ち入り禁止になって……つい何日か前に、秋学期も全面オンラインになることが発表されたばかりだった。

「オレ、いったいなんのためにこの大学に来たんでしょうね」

いつか仕切り板越しに訊かれたとき、パパにはなにも答えられなかった。仕切り板を隔てて話すことで、ウイルスには感染せずにすむ。これからは、こんな友だちがたくさんできるのだろうか。


とりとめのない世間話をしばらくしたあと、山本くんは真剣な声になって「よかった」と言った。「これでリハビリできました」

けさ起きてから、いままで——夜八時過ぎまでに誰かと交わしたナマの会話は、朝食・昼食・夕食の三回、コンビニの店員さんとの「お弁当温めますか」「はい」「レジ袋は」「お願いします」「ありがとうございました」「どーも」だけだったらしい。

「しゃべる回数がほんと減っちゃって、喉が弱って声が細くなったの、わかるんですよ」

大学の授業の大半は、動画を観て、レビューシートを書くだけで終わる。しゃべるのは、ほとんどすべてスマホの電話か、オンラインでの会話だった。しかも、話し相手は、家族だったり、田舎の友だちだったり……大学に入ってから知り合った人は誰もいない。

「夏休み、サイテーですよ。田舎にも帰れないし、こっちに残ってても友だちがいるわけでもないし」

「……だよな」

「親も寂しがってるんですけど、もしもオレから病気が広がったら、ご近所にも迷惑がかかるから、って」

パパの相槌が沈むと、山本くんのほうが気をつかって、話題を変えた。

「井上さんの娘さんって幼稚園ですよね。どんな話をするんですか?」

「べつに……たいした話はしないよ」

「いいじゃないですか、教えてくださいよ」

パパは苦笑した。おしゃべりを続けたい山本くんの人恋しさは、よくわかる。

夏休みに我が家に帰れないのは、パパも同じだ。山本くんの両親が寂しがっているように、ウチだって。

ぐずる聡美をなだめるために、パパとママは二人でお話をつくった。

「俺はいま、正義の味方なんだ」

「――は?」

「世界の平和を守るために単身赴任で大忙しで、しばらくウチには帰れないんだ」

「なんなんですか、それ」

その話を聞かせてやるよ、とパパはチューハイをまた一口啜《すす》った。


――左岸――


おしゃべりタイムのあとのサッちゃんは、いつもソファーの上でジャンプを繰り返す。

ばたばたと騒がしい。階下の部屋にも響いているだろう。でも、しかたない。ママも大目に見ている。パパの顔がパソコンの画面からプツンと消えてしまうので、はしゃいだ気持ちがそのまま残って、体を動かさずにはいられない。かけっこで、ゴールの線ぴったりのところでは止まれないのと同じだ。

「パパ、元気だった?」

ママもおしゃべりタイムで話しているので、答えはわかっている。それでも、話しているとジャンプが早めに終わるのだ。

「うん。きょうはカレーつくった、って」

「あとは？」

「えーとね、あ、そう、あしたはかいしゃにいくんだって」

パパの会社は在宅勤務と出社勤務が一日おき——明日は、出社日だった。

「じゃあ、明日はマスクマンだね」

ママの言葉に、サッちゃんは「だねーっ」と返すと、ジャンプをやめて、ママのいるダイニングに駆けてきた。狙いどおりだ。

サッちゃんはテーブルの向かい側から身を乗り出して、はずんだ声で言った。

「サッちゃんもマスクする！」

「いまから？」

「そうっ」

「ウチの中で？」

「するのっ」

「……もう、歯みがきして寝るだけでしょ」

「で、も、し、た、い、のっ！」

するするするするっ、してしてしてっ、と地団駄を踏む。ソファーの上でジャンプするより、よっぽど騒がしい。作戦は半分成功して、半分失敗してしまったようだ。

「しょうがないなあ」

ママは苦笑交じりに言って、やりかけていた仕事の手を止めた。手に持っていた折り紙とハサミをテーブルに置く。七夕の笹飾りをつくっていた。ちょうど、網飾りの天《あま》の川《がわ》に取りかかったところだった。金色の折り紙を何枚も貼ってつなげた長い網飾りを笹のてっぺんから垂らすと、ほんとうに、夜空に流れる川のように見えるのだ。

「ちょっと待っててね」

席を立ち、キッチンカウンターの隅に置いてある使い捨てマスクの箱に手を伸ばした。毎年のマスクの定位置だ。ただし、いつもの年は、インフルエンザと花粉症の季節が終わる五月頃には片づけてしまうのだが、今年はずっと置いてある。いつまでだろう。来年のいまごろになっても、まだ、だろうか。再来年も、その先も、だろうか……。

「ねえサッちゃん、シールなにがいい？　アサガオにする？　テントウ虫さんもあるよ」

マスクにはいつも小さなシールを貼って、ワンポイントの飾りをつける。それくらい楽しみたい。楽しんだっていいじゃない、楽しませてよ、バカヤロー……と、ときどき空に向かって文句をつけたくなる。

サッちゃんが選んだのは、お星さまのシールだった。「だって、あした、たなばただもんね」と笑うサッちゃんのリクエストに応えて、ママは小さなピンクのお星さまのシールをマスクの右上に貼った。

一つだけでは、ちょっと寂しい。

二つ、三つ、四つ、一列で斜めに並べてみた。五つめでサッちゃんは「すごーいっ」と驚き、もっと数が増えて天の川みたいになったら、「おーほしさーま、きーらきらー」と、歌いながら踊りだした。去年、幼稚園の『たなばたまつり』に合わせてみんなで練習したおゆうぎだ。残念ながら、今年の『たなばたまつり』は中止になってしまったけれど。

結局、ママは十五枚のシールを使って、マスクに小さな天の川をつくった。

マスクをつけたサッちゃんは、正義の味方に変身した。パパが変身したマスクマンの一番大切な仲間、サッちゃん仮面になって、「とうっ！　やあっ！　ばきーんっ！」とバトルを始めた。戦う相手は、目に見えないウイルスだ。

パンチやキックが当たったかどうかはわからない。そこに敵がいるのかどうかも定かではない。そもそも、この正義の味方の必殺技は、マスクそのもの――「うつらないこと」でウイルスと戦っているのだ。だから、マスクをしていれば、ほかになにもする必要はない。むしろ激しく動き回ると、息苦しくなって、体温も上がって、熱中症のほうが怖い。

それでも、サッちゃんは戦う。遠く離れた街で一人きりの戦いを続けるパパを応援して、戦いつづける。ソファーから床に飛び下りた。どしーん、と床が響いた。ママは、下の部屋のおばさんに謝らなきゃ、と覚悟を決めて、「いいぞー、がんばれー」とサッちゃんに声援を送った。


——右岸——


「四月は、正直、しんどかったんだ」

パパは山本くんに言った。

「俺もこっちに来たまま帰れなくなったし、娘の幼稚園も休園になって、カミさんも大変だった。でも、一番大変だったのは、外に出るときはマスクをつけなきゃいけないんだけど……」

聡美はマスクを嫌がった。もともとはのんきで大らかな子なのだが、パパが急にウチからいなくなった影響もあったのだろう、ママが無理やりつけさせても、すぐにはずしてしまう。ムズムズして気持ち悪いのだという。

「あ、それ、わかります。オレも本音ではそうです、なんか、すごい嫌なんですよね」

「でも……世間は、君みたいに言ってくれる人だけじゃないからなあ」

ある日、しかたなく、ママは聡美のマスクをはずして買い物をした。すると、見知らぬ老人がいきなり「非常識だ！」と怒鳴りつけてきたのだ。

山本くんは「サイテー……」と吐き捨てるように言った。仕切り板で隔てられていても、うんざりした顔になっているのはわかる。

「まあ、でも、絶対にうつされたくない人からすれば、やっぱりな」

「優しすぎますって、井上さん」

「で、カミさんと二人で考えたんだ。娘がマスクを嫌がらずにつけて、パパが帰ってこないことにも納得できるような話」

それが、マスクマン——。

マスクをつけて街を歩いているパパの姿を、毎日のように自撮りして我が家に送った。マスク姿の人たちと同じ駅前にいるところを、構図を工夫して撮って、「パパと正義の味方の仲間たちだよ」とコメント付きで送ったこともある。

「パパはいま、目に見えないウイルスと戦っているんだ。でも、仲間が足りずに困ってる。だから、サッちゃんもマスクマンの仲間になってくれないか、って」

「それでうまくいったんですか？」

「ああ……うまくいった」

聡美はすっかり信じてくれた。がんばって、張り切って、正義の味方の仲間に加わってくれて、いまに至る。

「まあ、こんなの、君たちから見たらバカみたいな話だと思うけどな」

付け加えると、山本くんは意外なほどきっぱりと返した。

「そんなことないです。絶対に、ないです」

「……そうか？」

「いい子じゃないですか、娘さん」

急に照れくさくなったので、「生意気なこと言うな」と少し怒ったふりをした。

すると、山本くんは「星、けっこう見えてきましたね」と、不意に話を変えた。言われて夜空を見上げると、確かに雲がだいぶ晴れてきた。明日の七夕はなんとかなるかもしれない。

「ほんとうは、井上さんの娘さん、全部わかってるのかもしれませんよね」

「全部、って？」

「マスクマンのこと。お父さんが帰ってこられなくなったのも、マスクをつけなきゃいけないのも、我慢しよう、って。だから、マスクマンの話を信じてるっていうより、付き合ってくれてるのかも……って、ふと思って」

言葉に詰まった。

その沈黙がどう伝わったのか、山本くんは「子どもって、けっこうオトナですよね」と言った。「なんか、そんな気がしちゃって」

言葉に詰まったまま、間が空いた。

山本くんは「すみません、マジ生意気でした」と笑った。声の調子が変わる。夜空を見上げていたまなざしが下に落ちたのも、声の聞こえ方でわかる。

「おやすみなさい」

「ああ……うん、おやすみ……」

ようやく、なんとか、それだけ声に出して応えることができた。

——左岸——

日付が変わる頃、ママは七夕の最後の飾りつけをした。

サッちゃんは、とっくに寝入っている。枕元には天の川のマスクが置いてある。星のシールをたくさん貼っただけのマスクを、サッちゃんはびっくりするほど気に入って、「あしたも、これがいい！」と言いだしたのだ。

使ったのは室内だけで、時間も十分足らずだったとはいえ、使い捨てのマスクを明日も使うというのは、どうなんだろう……とは思わないでもなかった。

でも、いいや、と決めた。一瞬浮かんでしまった、あのおっかないおじいさんの顔を、思いっきり遠くに振り払った。

笹に吊《つる》した最後の飾りは、願いごとを書いた短冊二枚だった。

一枚めは、ママ――〈早くワクチンが開発されて、元の暮らしに戻りますように〉。

二枚めは、サッちゃん――〈ぱぱありがとう〉。書いた字のほとんどは、鏡に映したように裏返っていたり、横に寝ころんでしまっていたり、棒が一本多かったり足りなかったりして、正しいのは〈り〉の字だけだった。

それでも、ママは「書き直しなさい」とは言わなかった。「すごいすごい、じょうず！」と拍手をして、ほめるだけでは足りずに、サッちゃんをギュッと抱きしめた。

この短冊の文字が、サッちゃんが初めて書いたひらがなだった。

――右岸――

翌日の夜、会社から帰宅途中だったパパは、マンションまであと少しというところで、「井上さん、こんばんは！」と山本くんに呼び止められた。

振り向くと、「マスクマンさん、今日もお疲れさまでした」と、ぺこりと一礼された。

うるさいなあ、ひとをからかうんじゃないよ……と言いたくはあっても、ムッとしているわけではない。山本くんに悪気はないのはわかっているし、山本くんの顔の下半分もマスクで覆われているから、彼だってマスクマンの一人なのだ。

「なんだよ、ヤマちゃん仮面」

「えーっ、なんなんですか、それ。やめてくださいよ、オッサンじゃないですか」

山本くんは、コンビニの弁当を提げていた。今日もまた、ナマ会話は「お弁当温めますか」「はい」「レジ袋は」「お願いします」「ありがとうございました」「どーも」だけだったのかもしれない。

二人で並んでマンションまで歩きだした。

「晴れましたね」

夜空を見上げて、山本くんが言う。まだ時刻は夜七時半過ぎで、夜空にはほんのりと昼間の明るさも残っている。星空を愉《たの》しむにはあとしばらく時間はかかりそうだし、天の川は、この街からは、まず、見えない。

それでも、山本くんは夜空を見上げたまま、うれしそうに言う。

「七夕は、やっぱり晴れてないとね」

「ああ……」

「織姫《おりひめ》と彦星《ひこぼし》って、天の川が邪魔してるから一年に一度しか会えないんでしたっけ」

「うん、たしかそうだったと思う」

「今年の天の川、めちゃくちゃ広くないですか、川幅」

「だな……」

織姫と彦星だけではない。たくさんの人が、会いたくても会えない状況にいる。

「しかも、濁流ですよ」

まったくもって、そのとおりだ。

「オレらの、いろんな、文句とか、怒りとか、悔しさとか、寂しさとか、悲しさとか
……全部入ってますよね、天の川の濁流に」

「うん……俺も、そう思う」

「で、川って、海に向かって流れていくわけでしょ？　じゃあ、天の川の河口って、どうなってるんでしょうね」

いまの怒りや、悔しさや、寂しさや、悲しさや……さまざまな思いは、どこに流れていくのだろう、ほんとうに。

通りの先にマンションの建物が見えてきた。山本くんは、それをしおに「なんてね、ちょっとカッコいいこと言ってみました」と笑った——のかどうかは、ほんとうはわからない。顔の上半分は確かに笑っている。けれど、口元はどうなのだろう。頬はどれくらいゆるんでいるのだろう。それがわからないのがちょっと不安で、でも、「表情を知りたいからマスクをはずしてくれよ」と言うのは違うよなあ、とも思う。これが、新しい時代の人と人との付き合い方になるのだろうか。

「井上さん、今夜も奥さんや娘さんと話すんですか?」

「ああ……」

それがあるから、八時までに帰宅するよう仕事の段取りを組んだのだ。今夜の夕食は、昨日つくったカレー——カレーは二日めのほうが美味《うま》いので、そっちも昼間から楽しみにしていた。

マンションのエントランスの手前で、山本くんは立ち止まり、弁当を足元に置いた。

「井上さん、ここでウイルスがうつったら、ウチに帰れるまでもっと長引いちゃいますよね」

「ああ、まあ、そうだけど……」

それは君だって同じだろう、と続ける前に、山本くんは、いきなりその場でジャンプした。驚くパパが声をかける間もなく、着地するとすかさず虚空にパンチやキックや体当たりを食らわせる。

そして、両手両脚をせわしなく動かしながら、唖然《あぜん》とするパパに声をかけた。

「井上さん！　いまです！　オレがウイルスを食い止めますから、早くウチに帰って、奥さんや娘さんと会ってください！」

どうやら、どうも、なんというか、山本くんはウイルスが迫ってくるのを食い止めてくれているらしい。ウイルスの反撃もあるようで、何度かおなかを押さえて「うっ！」とうめいてもいる。

パパは笑ってうなずき、エントランスを抜けた。郵便受けをチェックして、オートロックを解除して、エレベータホールに向かいながら、さっきの山本くんの言葉を噛《か》みしめた。

天の川の河口には、なにがあるのだろう。

天の川の流れが運んでいった、会いたくても会えなかった人びとのさまざまな思いは、どこにたどり着くのだろう。

パパが、聡美の初めて書いたひらがなの文字をオンラインで目にするまで――あと、五分二十五秒。

泣きだすまで、そこからさらに五秒。

天の川の河口には、その涙のしょっぱさも溶けているだろう。

送り火のあとで

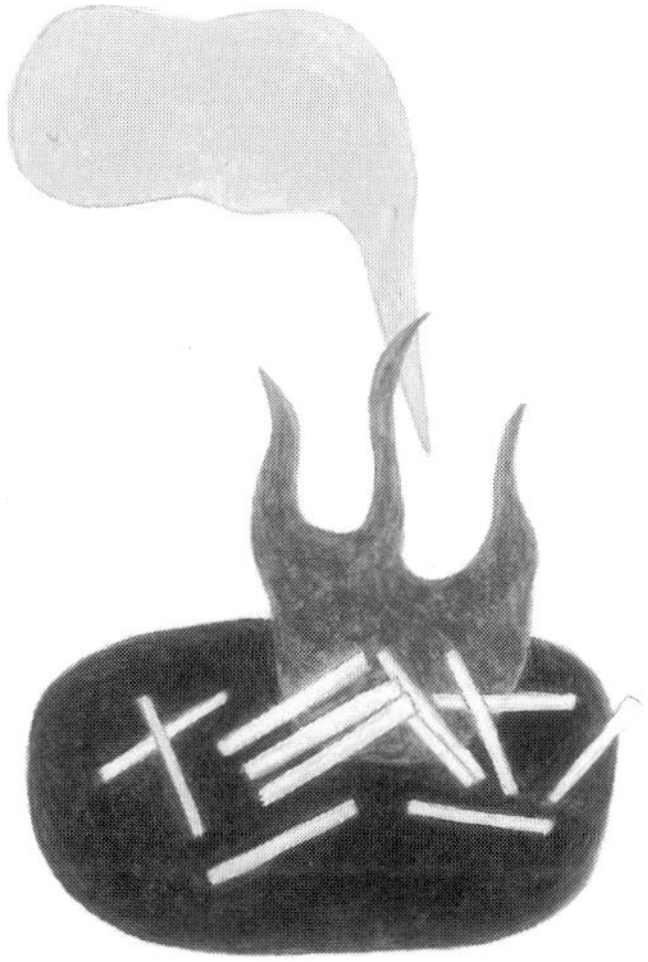

昼寝から目を覚まして居間を覗《のぞ》くと、部屋が広くなっていた。ぼくが二階の自分の部屋で昼寝をしている間に、隣の客間との仕切りの襖《ふすま》がはずされ、ひとつながりの広間になったのだ。

祖母が来ていた。客間に設《しつら》えた三段の精霊棚《しょうりょうだな》に、姉の弘子《ひろこ》と二人で、お供えのくだものや花を飾り付けていた。

あ、そうか、と思いだした。今日の夕方、お盆の迎え火を焚《た》く。ゆうべ父に「明日おばあちゃん来るぞ」と言われていたのを、寝起きでぼうっとしていたせいで忘れていた。

「ゆうちゃん、大きぃなったなあ」

振り向いた祖母は、懐かしそうに笑った。

姉が横から「二月に会ってるのに」と笑っても、「半年も間が空くと、全然違う」と言う。「ひろちゃんもゆうちゃんも、子どもはみーんな、あっという間に大きぃなる」

祖母は精霊棚のてっぺんに置いた位牌《いはい》に目をやった。

「空の上から見守ってくれとるけえ、大きぃなるんも早い」

まぶしそうに微笑《ほほえ》んだ。

ぼくは小学三年生で、姉は六年生だった。遠くの田舎に住む祖母が、一人で夜行列車に乗って我が家に来てお盆を過ごすのは、これで三年続けてになる。

祖母とは二月にも毎年会う。こちらも三年前から。場所は毎年変わらない。我が家から車で一時間のところにある大きなお寺の本堂で会って、そのお寺の裏山にある霊園に回り、広い庭のある和食処の個室で食事をして、別れる。

二月の祖母はいつも黒い和服姿で、会ってから別れるまでしんみりしどおしで、途中で泣きだすときも多い。

八月の祖母は夏物の薄手の洋服を着て、冬に会うときよりも若々しく見える。機嫌もいい。毎年二月が来るのは嫌だけど、八月のお盆は楽しみだから――と、いつか話していた。

精霊棚のてっぺんに置いた位牌は、ぼくの母のものだ。

三年前の二月に亡くなった。もともと腎臓が悪くて、ぼくがものごころつく前から入退院を繰り返し、最後の一年間は遠い街の大きな病院に入院したまま世を去ったのだ。

その年のお盆は、とてもにぎやかだった。祖母だけでなく祖父も来た。親戚の人もたくさん来た。

次の年からも、祖母は留守番を祖父に任せて、毎年お盆をウチで過ごすようになった。母は、祖父と祖母の一人娘だった。

祖母に「ゆうちゃんも手伝《てつど》うて」と言われて、精霊棚の盆飾りを作った。難しいものではない。祖母が短く折った割り箸を、野菜のきゅうりとなすびに刺して、四本の脚にするだけだ。

精霊馬《しょうりょううま》という。きゅうりは亡くなった人が乗ってくる馬で、なすびは向こうの世界に戻るときに乗る牛だった。来るときには馬で速く、ひきあげるときには牛でゆっくりと……という願いがこもっているのだ。

盆飾りが終わると、祖母は姉とぼくに言った。

「ひろちゃんもゆうちゃんも、夕方に迎え火を焚いたら、もう殺生したらいけんよ。ウチに帰ってきたお母さんかもしれんからな」

毎年、同じことを言う。

「送り火を焚いて、お母さんを見送るまでは、庭の蟬《せみ》を捕ったらいけん。蚊に刺されそうになっても、叩いたらいけん。うちわをパタパタすれば、蚊のほうから逃げていく」

優しく教え諭《さと》すようだったり、お説教をするようだったり、口調は年によってさまざまでも、話の内容はいつも変わらない。

お盆には、亡くなった人がウチに帰ってくる――。

風になったり虫の姿を借りたりして、ウチに来て、お盆の間は精霊棚に宿る――。

姉もぼくも、それから父だって、そうだったらいいな、とは思う。だが、本気で信じてはいない。

だからいつも祖母の話は、はいはい、と受け流している。去年はぼくが冗談で「ゴキブリでも逃がすの?」と訊《き》いたら、けっこう本気で叱られた。

今年も、途中まではそうだった。

だが、祖母に締めくくりで「わかった?」と念を押され、姉と揃って「はーい」と返したとき、台所から「すいか、切りましたよお」と女の人の声が聞こえた。「そっちに持って行きますね」

一瞬困惑した顔になった祖母は、愛想笑いを浮かべて「あらら、すみません、ありがとうございます」とお礼を言った。「どうぞかまわんといてください」――声は急に細く、高く、よそゆきのものになってしまった。

去年までのお盆には、そんなやり取りはなかった。そもそも台所の女の人は、この家にはいなかった。

父が三月に再婚した。会社の同僚で、真由美《まゆみ》さんという人だ。

姉とぼくが母を亡くして四度目のお盆は、新しい母ができて迎える最初のお盆でもあったのだ。


「ねえ、もしもの話だけど――」

その夜、ぼくの部屋に入ってきた姉は声をひそめて言った。

「もしも、ほんとうにお母さんがウチに帰ってきてるんだったら、ママと会うのって初めてだよね」

「……うん」

「ママもお母さんのお墓参りはしてるけど、ウチで会うのとはやっぱり違うもんね」

ぼくたちは真由美さんのことを「ママ」と呼んでいる。父と真由美さんが相談して、亡くなった母の「お母さん」とは違う呼び方にした。

ぼくはすぐに「ママ」に馴染《なじ》んだ。呼び方にも、「ママ」本人にも。もともと真由美さんとは去年から「お父さんの会社の人」として何度も会っていたし、とても優しくて、明るくて、おしゃべりが面白くて、男子の遊びにも付き合ってくれて――母が亡くなったのが保育園の年中組のときで、その前の一年間は病院にお見舞いに行くときしか会えなかったぼくには、元気だった母の記憶がまったくないのだ。

姉も、最初のうちはぎごちなかったが、いまはだいぶ仲良くなった。ときどき、うっかり「です」「ます」をつかってしまうことを除けば、知らない人から見ると、ほんとうの親子に見えるはずだと、思う。

「お母さん、いま、ママのこと怒ってるかもしれない」

「なんで？」

「だって、部屋の模様替えとかやってるし、新しい冷蔵庫を買ったりしてるから」

「だめなの？　それ」

「だめってわけじゃないけど……」

姉は話を祖母のことに変えた。

「おばあちゃんもママと会うのは初めてだから、今日ずっと元気なかったでしょ」

「そう？」

「だって、晩ごはんのときもあまりしゃべらなかったし、おかずも残したし……やっぱり気をつかって、居心地が悪いんだよ」

確かに夕食のとき、祖母は静かだった。食卓に並んだごちそうも食べきれなかった。真由美さんの前では姉やぼくにあまり話しかけなかった。こっちから声をかけたときも、返事はどこかよそよそしい様子だった。なにより、夕方、門の前で迎え火を焚いたとき――。

「おばあちゃん、ずーっと後ろにいたでしょ。去年までは一緒にオガラに火を点《つ》けたのに、今年は、いいからいいから、って」

言われてみれば、そうだった。

「おばあちゃん、お父さんともママとも他人なんだもんね……」

姉はぽつりと言って、「今年は少しおばあちゃんに優しくしてあげようかな」と笑った。

祖母は、客間に泊まっている。精霊棚の前に布団を敷いて寝ているのだ。去年まではまったく気にしなかったのに、いま、ふと、お母さんとおばあちゃんは同じ部屋にいるんだな、と思った。

「ねえ、お姉ちゃん。ママは、お盆でお母さんがウチに帰ってきてるかもしれないって……ほんとは、嫌なのかなあ」

姉の返事はなかった。代わりに、「お父さんはどうなんだろうね」と訊き返された。

「……お姉ちゃんは?」

「……あんたは?」

ぼくたちは黙り込んだ。

その夜、母の夢をひさしぶりに見た。病室を見舞う場面だった。ベッドを起こしてぼくと話してくれた母は、もう自分でベッドから降りて歩くことはできなかった。

母は笑っていた。白くて、まぶしくて、透きとおった笑顔で、とても優しそうにぼくを見つめていた。だが、夢の中の母がなぜ微笑んでいるのか、ぼくたちはどんな会話を交わしているのか、まるで見当がつかない。

父にも姉にも打ち明けていないのだが、母の声をぼくはもう思いだせない。顔も自然には浮かんでこない。アルバムの写真を見て、まるでテストの答え合わせをするように、この人がお母さんなんだ、とうなずくことしかできないのだ。

八月十三日の迎え火から始まったお盆は、去年までと同じように静かに過ぎていった。

お盆の間は父の会社も休みだったが、遠出をして遊ぶことはない。せいぜい買い物がてら近所のドライブをする程度だった。

祖母はほとんど家の中にいる。精霊棚の前からあまり動かない。ぺたんと座り込んで、居間のテレビの高校野球中継を見るともなく見ながら、ときどき思いだしたようにうちわをあおいで胸元に風を送る。

去年までは、年寄りだから暑い中を歩き回るよりウチにいたほうがいいんだろうな、と思い込んでいた。だが、今年は、姉の話を聞いたせいで、祖母のすぐそばに母がほんとうに帰ってきているんじゃないか、という気がする。うちわの風も、じつは祖母自身ではなく、そばにいる母を涼ませるためじゃないか、とも思う。

「留守番しとるけえ、真由美さんと一緒に、子どもたちを遊びに連れて行ってあげて」

十四日の朝、祖母は父に言った。

初めてのことだった。よほど再婚した父に気をつかっているのか、気をつかう相手は真由美さんなのか、姉やぼくのこともまとめて、もう無理して付き合わなくてもいいから、と言っているのか。

父は「だいじょうぶですよ、僕も骨休めしたいんで、ウチでごろごろさせてください」とやんわり断ったが、祖母は「お昼からでも、夕方でもええけえ、遊びに行きとうなったら遠慮せんでな」と念を押して言うのだ。

初めてのことが、もう一つ。

姉がやけに祖母になついていた。朝から、祖母と一緒に精霊棚の前に座って、お菓子やくだものをつまみながら、母の子ども時代の思い出を、「ほかには？　ほかには？」と祖母にせがむ。

祖母は「どないしたん、子どもみたいに甘えて」と苦笑しながらもうれしそうだったが、父と真由美さんは驚いていた。真由美さんの表情には困惑だけでなく、微妙な寂しさもにじんでいたような気がする。

夜になっても、姉の様子は変わらない。自分から母の思い出話をすることもある。これもほんとうに珍しかった。

小学二年生まで母と一緒だった姉には、ぼくと違って母の記憶がたくさん残っている。だが、それを話すことはめったにないし、特に真由美さんの前では、思い出を懐かしむのはもちろん、仏壇に手を合わせるときでさえ遠慮がちで、あいさつが終わるとそそくさと仏壇の前から離れてしまうのだ。

そんな姉が、夕食のあとで「今夜はおばあちゃんの隣に布団敷いて寝ていい?」と言いだした。祖母の隣とは、つまり母のそばということになる。

父と真由美さんは顔を見合わせた。父は眉間《みけん》に皺《しわ》を寄せて姉になにか言いかけたが、真由美さんが目配せして止めた。祖母も困っていた。それでも姉に「だめ」とは、誰も言わなかった。

姉は自分の部屋にパジャマを取りに来たついでに、ぼくの部屋に顔を出して言った。

「わたし、わかった。お母さん、いまウチに帰ってきてる、絶対に」

昨日は「もしも」の話だったのに。

「ゆうべ、夢を見たんだよね、お母さんの」

ぼくと同じだ。だが、姉が見た母の姿は、ぼくの夢よりもずっとくっきりとしていた。夢に出てくる場面も多かった。

「ぜんぶ、実際にあったことばかりだったんだよね。自分では忘れてた話も、夢で見て思いだしたりして」

あのときのお母さんだ、このときのお母さんは確かにこんな服を着ていた、とすぐにわかる。幼い頃の姉自身も夢の中にいた。母に甘えて、はしゃいで、幸せいっぱいだった。


目が覚めたとき、まだ外は暗かった。最初は楽しい夢の余韻にひたっていたが、寝返りを打ったはずみに、急に悲しみが湧いてきた。涙があふれ出て、止まらない。

「お母さん、ウチに帰りたかったのに、帰れなかったんだよね……」

一年も続いた最後の入院中、母は外泊許可をもらってウチに帰るのが唯一の楽しみだったらしい。体調が特に良いときを見計らって、最初は月に一度、帰れた。だが、それが二ヶ月に一度になり、三ヶ月に一度になって、後半の半年は外泊どころか、姉の書いた〈はやくよくなってね〉のカードを飾っていた病室から、最も容態の悪化した患者の専用フロアに移され、そのまま元のフロアへは戻れずに息を引き取ったのだ。

「ずっと帰りたくて帰りたくてしかたなかったウチに、お盆のときだけ、帰れるんだよ」

「……うん」

「でも、今年からはママがいるんだよね、ウチには」

「ママがいたら、帰れなくなるの？」

「わかんない。わかんないけど、お母さん、もう帰ってこないかもしれない」

「ママがいるから？」

「わかんないって言ってるじゃん、ばか」

もっと早く気づいていればよかった、と姉は悔やんでいた。

「だって、去年のお盆や、おとといのお盆にも、お母さん、ウチに帰ってきてたんだよ。わたしが信じてなかっただけで、ほんとうは、ちゃーんと帰ってたんだよ」

お母さんお帰りなさい、と心の中で言って迎えてあげればよかった。お盆の間、声に出さずに何度でも話しかけてあげればよかった。送り火のときもすぐに家の中に入ってしまうのではなく、オガラが燃え尽きるまで外にいて、しっかり見送ってあげればよかった。お母さんまたね、また来年帰ってきてね、と誰にもわからないように手を振ってあげればよかった。

姉の声は涙交じりになっていた。手に持っていたパジャマを顔に押し当てて涙を拭う。

「わたし、やっぱり、お母さんがいい。ママよりも、お母さんのほうが好き、絶対に、大大大好き」

それを聞いて、今度はぼくが目に涙を浮かべた。ママがかわいそうになった。ぼくは、ママのほうが、お母さんよりも――。

思いかけて、やめた。

ごめんなさい、ごめんなさい、ごめんなさい、と心の中で母に謝った。

だが、許してくれる母の笑顔は、どんなにしても浮かんでこなかった。

その夜は夢を見なかった。見たのかもしれないが、翌朝起きたときには忘れていた。

姉はまた母の夢を見たらしい。朝ごはんのあと、そばに祖母とぼくしかいないときに教えてくれた。ゆうべの夢もとてもくっきりしていて、母は幼い姉にとても優しくしてくれた、という。

ただし、姉は「ほんとだよ、ほんと」と何度も念を押す。だから、かえって、ちょっとだけ、嘘っぽく感じられた。

「ゆう、あんたは?」

「……見なかった」

姉は、ふうん、と拍子抜けしたようにうなずいた。

「じゃあ、おばあちゃんは？　お母さんの夢、見なかった？」

祖母は苦笑して「見とらん」と言った。「ひろちゃんがうらやましいわ。おばあちゃん、夢も思うようには見られん」

あてがはずれた姉はムッとしてしまった。

「おばあちゃん、嘘つき。見てるくせに」

「嘘なんてついとらん」

祖母は笑顔で首を横に振る。

姉は口をとがらせて、精霊棚をにらむように見つめ、そのままの顔の向きで祖母に訊いた。

「お母さん、いま、ウチに帰ってきてるんだよね？　そうだよね？」

「ほんまじゃ、ほんまに帰ってきとるんよ。お盆には、みんな帰ってくるんよ」

「来年からも？」

「うん……帰ってくる」

祖母の声が少し揺れた。

「来年も、再来年も、その先も、ずーっと毎年、絶対に帰ってくる？」

「……うん」

声がかすれ、頰から笑みも消えた。

「ママがいるのに？」

返事が止まった。

姉は精霊棚から目を動かさずに「ママがいても、帰ってきてくれるの？」と訊いた。祖母と話していても、訊いている相手は母なのかもしれない。

姉の口が動いた。お母さん、と息だけの声で言った。祖母の耳には届いていなかったが、ぼくには聞こえた。お母さん、ずっとウチにいてよ、もうあっちに行かないでよ。姉は確かにそう言っていた。

祖母はため息をついて頰をゆるめ、もう一度笑顔になってから、言った。

「おばあちゃんがお盆に来るんは、今年で最後。来年からは、毎年二月に……ひろちゃんやゆうちゃんが忙しゅうないなら、二月に会おうな」

ぼくはびっくりして、「おばあちゃん、来年のお盆は？」と訊いた。

「田舎におる。おじいちゃんと一緒に迎え火を焚いて……お母さんが、帰ってくるけえ」

「ウチじゃなくて？」

「来年からは、お母さんの帰ってくる先が、変わるんよ。おじいちゃんとおばあちゃんのウチに帰ってくる。お母さんが子どもの頃に住んどった家に、帰ってくるんよ」

姉は黙って、まだ精霊棚を見つめていた。驚いた様子はない。そうなることを最初からわかっていたのかもしれない。

ぼくは話の意味がよくわからずにきょとんとしていたが、祖母の口調から、それはいいことなんだろうな、と安堵《あんど》もしていた。

「毎年はアレかもしれんけど、たまにはお盆に遊びにおいで。お母さんも帰ってきとるけえ、あんたら二人、大きぃなったところを見せてあげて」

ぼくは「うん」とうなずいて応《こた》えた。

だが、姉は不意に声をあげて笑った。

「やだぁ、帰ってくるわけないって、死んだ人が。そんなの迷信だもん。いまは冗談で言ってただけ、昨日からずーっと冗談言ってんの。わかんなかった？　幽霊とか魂とか、そんなのないって、わたし知ってたよ、最初から。知ってる知ってる、そんなの世界の常識だから」

早口にまくしたてて、ぷいっと顔をそむけるように棚の前から離れた。そのまま、祖母が呼び止める間もなく、走って部屋から出て行ってしまった。


その日の夕方、いつものお手伝いで精霊棚にお膳を運んだぼくは、棚のお供え物が一つ消えていることに気づいた。

なすびの牛がいなくなった。

誰が持って行ったのか、理由はなんだったのか、見当がつくから、父にも真由美さんにも祖母にも言えない。

姉は自分の部屋で勉強をしている。いまから部屋に行って問いただしても、正直に認めてくれるとはとても思えない。

台所に戻った。包丁を使っていた真由美さんの背中に「お供えしたよ」と声をかけた。なるべく明るい声を出したつもりだったのに、真由美さんは「あれ？　どうしたの？」と振り向いた。「いまの声、元気なかったけど」

目が合った。すぐにそらした。だが、真由美さんは「忘れ物しちゃったときの顔みたい」と笑って、包丁を置いてぼくに向き直り、「なにかあったの？」と訊いてきた。

声も顔もごまかせなかった。驚いて、あせって、戸惑って、恥ずかしさに逃げ出したくなって……その思いが裏返って、困っているのを気づいてもらったことにほっとした。隠そうとしても見抜かれてしまったというのが、むしょうにうれしくなった。

真由美さんはぼくのすぐ前まで来ると、しゃがんで目の高さを合わせ、「ママにも教えて」と言った。遊びの仲間に加わるみたいな言い方に、思わずクスッと笑って、頰の力が抜けたせいで、涙が出てしまった。

真由美さんはぼくの話を、最初から最後まで、笑顔で聞いてくれた。話が終わったあとも「うん、わかった、オッケー」と、迷ったり悩んだりはしなかった。

「あとはだいじょうぶだから、心配しなくていいから、ママに任せて」

「お姉ちゃんのこと……」

怒らないでね、とぼくが言うより先に、真由美さんは「怒るわけないじゃない」と、おかしそうに笑って言った。「ひろちゃんのこと、ママ、もっと好きになった」

「……ほんと?」

「ほんとだって。ひろちゃんのことも、ゆうちゃんのことも、いままでより、もっともっと好きになった」

でも、と真由美さんは続けた。

「お盆のおかげで一番好きになったのは、二人のお母さんのことかな」

そう言って、腰を伸ばし、遠くを眺めて「ちょっとうらやましい」とつぶやいた。目に見えない誰かに語りかけるような声だった。


真由美さんは、なすびの牛がいなくなった棚をそのままにしておいた。十五日の夜も、今日——十六日の朝も、午後も、変わらない。夕方、そろそろ送り火を焚く準備を始めようかという頃になってもまだ、きゅうりの馬の横は空いていた。

父も祖母もなにも言わない。きっと、真由美さんが二人に話して、相談をして、決めたのだろう。

姉は、今日の午前中は部屋にこもって宿題をして、午後からは友だちと遊びに出かけた。前から約束していたのではなく、急に思い立って仲良しの子に電話をかけて誘った。お盆休みで断られどおしのすえ、やっと一人、本屋に付き合ってくれる子が見つかったのだ。

父も祖母も真由美さんも、姉が片っ端から電話をかけるのを見ていた。話し声も聞いていた。だが、なにも言わない。出がけに父が一言「五時に送り火を焚くから、それまでには帰ってこいよ」と声をかけただけで、姉は気のない声で「はーい」としか応えなかった。

夕方五時前に、祖母は帰り支度をととのえた。門の前で送り火を焚いてから、バスで駅に向かい、夜行列車で田舎に帰るのだ。

また来年のお盆も来てね、というお別れのあいさつはできない。姉とぼくに話してくれたとおり、祖母が我が家でお盆を過ごすのは今年が最後だ。母を迎える場所も、来年からは田舎の祖父母のウチになる。祖母は、父や真由美さんと、お盆の前にそういう話し合いをしていたらしい。

五時のチャイムが鳴った。姉はまだ帰ってこない。父は「しかたない、おばあちゃんのバスの時間もあるから、焚こう」と言って、ぼくと二人で門の外に出て、送り火の準備を始めた。

　素焼きの炮烙《ほうろく》に新聞紙を丸めたものを置き、その上にかぶせるように、オガラを数本ずつ、縦横交互にやぐらを組んで載せていく。先に新聞紙に火を点けたほうがオガラが燃えやすくなるのだ。

　炮烙の前に二人並んでしゃがみ込み、手順を説明してくれる父に、ぼくは訊いた。

「なすびの牛がいなくても帰れるの？」

　父は「だいじょうぶだ」と、ぼくの頭に手を載せた。「おばあちゃんが、ちゃんと田舎まで連れて帰ってくれる」

「死んだ人の世界に帰るんじゃないの？」

　父は、あ、そうか、と自分の間違いに気づき、決まり悪そうな顔になったが、すぐに「おじいちゃんもおばあちゃんも年寄りだから、似たようなもんだ」と笑った。

　おばあちゃんにはナイショだぞ、と指を立てて口止めされたので、ぼくも笑い返してうなずき、念を押して訊いた。

「来年から、お母さん、もうウチには帰ってこないんだよね」

「ああ……帰ってこない」

　父の口調は静かだったが、きっぱりとしたものだった。その代わり、しょんぼりするぼくの頭を、少し乱暴に、こするように撫《な》でながら、つづけた。

「帰ってこなくても、いるんだ、ずっといるんだ、お母さんは」

「……どこに？」

父は頭に載せた手をはずし、「ここだ」という一言と同時に、ぼくの背中——胸の真裏を、軽くポンポンと叩いた。

そして、「おう」と、ぼくではなく、もっと遠くに向かって声をかけた。

「お帰り」

少し離れたところに、自転車にまたがった姉がいた。姉は黙って、ブレーキのレバーから手を離し、ペダルを一漕ぎして、家の中に入った。

しばらくたって、新聞紙に点けた火がオガラに燃え移った頃、玄関の引き戸が開いて、祖母と真由美さん、そして姉が連れ立って外に出てきた。

祖母はもう旅行鞄を提げている。このままバス停に向かうのだ。祖母の目は赤く潤んでいた。真由美さんはにこにこ笑っていて、姉はすねたようにうつむいていた。

「なすびの牛、ちょっと太って帰ってきたよ」

真由美さんはうれしそうに父に言った。

「ひろちゃんがな、八百屋さんで買《こ》うてきて、割り箸も貰《もろ》うてきて、もういっぺん作ってくれたんよ……お母さんのために、帰ってきてくれてありがとう、言いながらな……」

祖母は話しながら、泣きだしてしまった。

姉はあいかわらずすねている。

焙烙の上で、オガラの炎がひときわ大きくなった。煙はほとんど出ていないのに、父は「煙い煙い」と怒ったように言いながら、目を腕で何度もこすった。

オガラが、ぱちん、と爆《は》ぜる。

祖母は、バス停まで見送りに行くというのを断って、一人で歩きだした。最初のうちはぼくの「ばいばーい」の声に振り向いて手を挙げて応えてくれていたが、途中からはずっと前を向いたままで歩きつづけた。

バス停へは、ウチの前の通りをまっすぐ歩いて、三つめの角を曲がる。二つめの角を過ぎた祖母の背中はずいぶん小さくなった。もう声をかけても届かない。

オガラがまた、かすかな音をたてて爆ぜる。

ふと見ると、姉は顔を上げて、遠くの祖母を見つめていた。お別れのときには一言もしゃべらなかったのに、いまはじっと、泣きながら、祖母と——もう一人を、見送る。

ぼくもそうした。

祖母は三つめの角に差しかかる。最後の最後にこっちを向いてくれるだろうかと思っていたが、祖母はすっと、そっけないほどあっさりと角を曲がって、ぼくたちの視界から消えてしまった。

代わりに、ぼくの名前を呼ぶ声が聞こえた。誰のものかは思いだせない、けれどむしょうに懐かしい響きの声だった。

ほんの一瞬だけのことだ。聞いたそばから消し去られてしまう声でもあった。

姉と目が合った。姉も同じ声を聞いたのか、たくさん泣いたあとで美味《おい》しいケーキを食べたような顔で笑った。

「よし、燃え尽きたから、今年のお盆はこれでおしまいっ」

父が言った。真由美さんが「お風呂沸いてるから、どっちか先に入っちゃいなさい」と姉とぼくに言った。

二人の声は、いつになく、くっきりと大きく耳に響いた。それに応えるぼくたちの「はーい」の声も、嘘みたいにきれいに揃った。

真由美さんもびっくりして「おーっ、さすが仲良しきょうだいだね」とほめてくれた。

姉とまた目が合った。

姉は、ぼくに「あっかんべえ」をして、真由美さんに向き直った。

「ママ、わたし先にお風呂入るね」

家の中に駆け込んだ。

「サンダルで走ったら転んじゃうよお」

苦笑交じりに姉の背中に声をかけた真由美さんは、父に「ママ、だって」と照れくさそうに言って、それから、顔を伏せて、両手で覆った。

コスモス

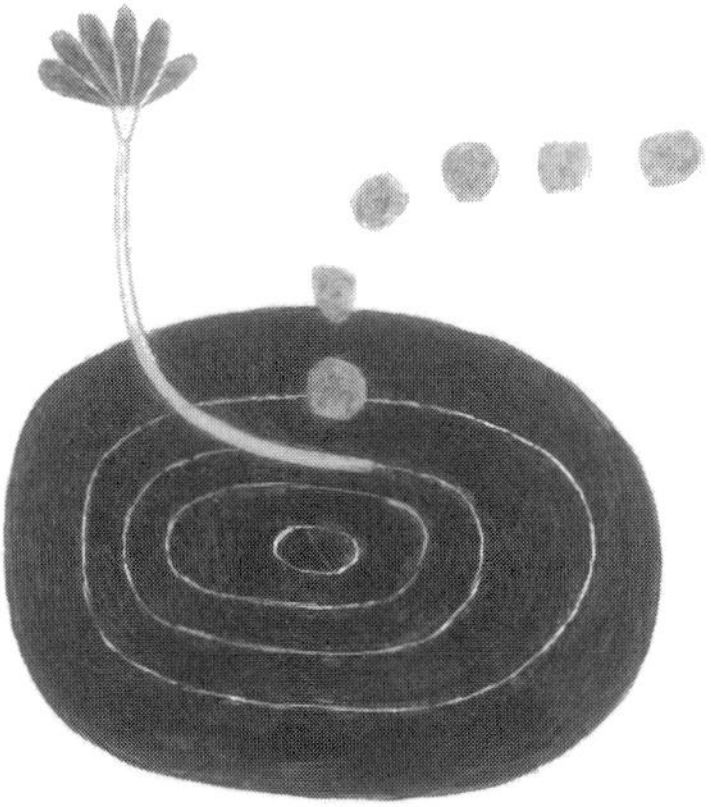

リナはその日も、ランドセルを背負ったまま公園に寄って、池のほとりにたたずんだ。

九月に入ったばかりの夕方五時の空はまだ明るい。散歩やジョギングで行き交う人たちが途切れるのを待って、途中で拾ってスカートのポケットに入れておいた小石を、池に投げ入れた。

緑色に濁った水に落ちた石は、すぐに見えなくなってしまう。池は明治時代に湧き水を使ってつくられた。真ん丸な形なので満月池《まんげつついけ》と呼ばれている。広い池だ。昔は週末に貸しボートも営業していたらしい。でも、最近は水がすっかり汚れてしまい、水草や藻も繁殖しすぎて、何十匹もいるはずのニシキゴイの姿はめったに見られない。

そんな満月池に投げ込む小石は、昼間、学校で言われた嫌な言葉の身代わりだった。朝から放課後まで言われた言葉を数えて、その数の小石を池に放って、ウチに持ち帰らないようにする。

今日は三つ。どれも、いつもの言葉だった。

「ずるいよ」と言われた。体育の時間にバレーボールのミニゲームをやった。女子で一番背が高くてジャンプ力もあるリナは、次々にスパイクを決めて、守備でもブロックに何度も成功した。すると、相手チームの子が悔しまぎれに、リナが体育の授業を一緒に受けるのはおかしい、ずるい、ひきょうだ、と言いだしたのだ。

リナはミックスルーツ——昔ならハーフ、もっと昔なら混血、さらに昔なら、あいのこと呼ばれていた。

日系ブラジル人三世のお母さんと日本人のお父さんの間に生まれた。ブラジルは男女ともにバレーボールの強豪国なので、ブラジル人の血を引いたリナがバレーボールが得意なのは当然だから、ずるい、ひきょう、不公平……。

ひどい理屈だった。でも、しょっちゅうだ。体育のダンスをほめられたときに「ブラジルはサンバの国なんだから、うまいのはあたりまえじゃん」とケチをつけられたのは、七月のことだ。夏休みを挟んでも、そういうところはちっとも変わらない。

味方のチームの子は口々に「気にすることないよ」「リナは全然日本人じゃん」「ウチらとおんなじだよ」と励ましてくれた。

でも、リナが小石と一緒に池に投げ込んだ二つめと三つめの言葉は、「日本人じゃん」と「おんなじだよ」だった。これもいつもの言葉だ。悪気がないのはわかる。でも、違う、そうじゃない……というのをうまく言えないから、小石を池に投げる。

ポケットを空にしたリナは、寄り道をしたぶんを取り返すように、足早に歩きだす。

今日は石の数が三つですんでよかった。転校してきたばかりの一学期の最初の頃は、毎日七つも八つも石を拾っていた。物珍しそうにじろじろと見る視線も言葉の数に加えるなら、ポケットが破れてしまうぐらい、たくさん拾わなくてはいけなかった。

みんなも少しずつ慣れてきたのだろう。前の学校でも、その前の学校でもそうだった。でも、「慣れる」と「わかる」は違う。前の学校でも、その前の学校でも、わかってくれた子はほとんどいなかった。だから、お別れの寄せ書きには、同級生や先生からのこんな言葉が並んでいた。

『リナに出会って、私の中の差別や偏見が消えました。リナはりっぱに日本人だよ！』

『ねばり強さはクラスの誰よりも日本人らしかったリナさん。新しい学校でも自信を持ってがんばってください』

リナの体に流れている「日本人」と「ブラジル人」の割合を計算すると、「日本人」のほうが多い。でも、彫りの深い顔立ちや、硬い髪質の癖っ毛、背が高くて脚長の体つきを見ていると、ブラジル人ってＤＮＡが強いのかなあ、と思う。

ただし、国籍は日本で、生まれたのも日本で、ブラジルへはまだ一度も行ったことがない。日本語はまったく問題なく使えて、国語は得意科目だ。ポルトガル語も少しはだいじょうぶ。でも、それは家でお母さんと話すときに使うだけなので、バイリンガルにはほど遠い。それで「ブラジルだから」と言われても困ってしまうのだ。

この学校に転校したときは、最初の挨拶で、自分からミックスルーツだと説明した。前の学校とその前の学校ではクラス担任の先生に説明してもらったけど、もう六年生なのだから自分の言葉で話したかった。

今度のクラス担任の先生は、リナの考えに反対はしなかった。でも「いいぞ、どんどんやりなさい」という様子でもなかった。「そうか……わかった」と深刻な顔でうなずき、始業式の朝になっても「べつに無理して言わなくてもいいんだからね」と念を押していた。「無理して」の言葉を聞いたとき、この先生に説明をお願いしなくて大正解、と思った。

説明を聞いた同級生には「やっぱり」という顔になった子が多かったし、「名前は漢字なのに?」と初歩的なことを訊《き》いてくる子もいた。ブラジル人と日系ブラジル人の区別もあまりついていない。日系人や外国人が身近にたくさんいる地域ではないのだ。

中には「えー、でも、けっこう日本人っぽいから、気にしなくていいんじゃない?」と言った子もいる。ほめてくれていたのか、慰めたり励ましたりしたかったのだろうか。

何日かたって学校に少しずつ馴染《なじ》んできた頃、別の子に言われた。

「リナが日系人だって、わたしなんか言われなきゃわかんなかったし、名前も日本語なんだから、黙ってればよかったのに」

その日は、ボウリングの球ほどのサイズの石を満月池に放り込みたかった。

十三歳で両親とともに日本に来て、二十歳でリナを産んだお母さんは、ときどきブラジルの海の話をしてくれる。目がチカチカするほど真っ白な砂のビーチや、地平線に沈む大きな夕陽を、リナに見せたいらしい。リナも一度は行ってみたいなと思っている。ただし、ふるさとに帰るのではなく、観光地として。

どちらにしても、ブラジルへの二人分の旅費は、まだしばらくの間は貯まりそうにないのだけど。


公園を出たリナは、さらに足早になって家路をたどる。早く帰ろう。急いで帰ろう。お母さんが晩ごはんをつくって待っている。

リナはお母さんと二人暮らしだった。お母さんと同い年のお父さんは、リナにものごころがつく前にいなくなった。離婚をして、養育費を払うという約束もあっさり破って、いまはどこに住んでいるかも知らない。

お母さんは帰宅したリナと入れ替わるように仕事に出かける。お母さんが派遣で勤めているのはコンビニの惣菜《そうざい》工場で、時給が良くて人手が足りない夜間のシフトに入って朝まで働く。シフトに空きができたときには、さらに延ばしてお昼過ぎまで働くこともある。

契約期間は半年。そろそろ更新の時期だった。

この街には、知り合いは誰もいない。二十年近く日本に住んでいても読み書きが覚《おぼ》束《つか》ないお母さんにとっては、日系人のコミュニティがある街のほうが、職探しでも毎日の生活でもずっと安心なはずなのに。

それでも、ここを選んだ理由は——。

コスモスのお祭りがある。

街を流れる大きな川の河川敷いっぱいに一千万本を超えるコスモスが植えられ、花が満開になる十月半ばにお祭りが開かれる。野外ステージが組まれ、土手に沿って屋台村がつくられて、何万人もの人が訪れるのだ。

お母さんは、前の街に住んでいるとき、そのお祭りをインターネットかテレビで知った。赤紫やピンクや黄色や白の花が咲き誇るのを見て、いっぺんに気に入った。いまのＩＣ工場の仕事が雇い止めになったら、今度はこの街に住もうと決めて、実際に、そうした。

引っ越し先を決めた理由を聞いたとき、リナはあきれかえった。少しはまじめに考えてよ、と文句をつけたい。こっちは転校するたびに、自己紹介で気が重くなってしまうのに。

でも、お母さんは、コスモスのお祭りにすっかり夢中だった。

〈どうせどこに行っても苦労するんだから、楽しみなことがある町に住んだほうがいいでしょう?〉

ポルトガル語で言って、笑う。お母さんはいつもそうだ。大事なことをあっけらかんと決めるし、キツいことやツラいことがあってもたいして落ち込まない。単純で、のんきで、明るくて、朗らかで、だらしないほど大らかで、忘れっぽい。

お母さんの体には日本人の血が四分の一しか流れていない計算になる。だから、なのだろうか。

もっとも、自分ではそれほど思わないのだが、学校の友だちに言わせると、リナはみんなよりずっとおとなびているのだという。

「全然悪い意味じゃなくて、やっぱり、リナってスケールが大きいっていうか、日本人離れしてると思う、そういうところ」

その日は、「日本人離れ」を小石にして満月池に放った。

でも、最近――六年生も後半に差しかかり、自分の将来についてぼんやり考えるようになると、やっぱりあの言葉は素直に喜んでもよかったのかな、と思い直す。

「リナ」は、漢字で「里奈」と書く。お父さんが漢字を考えた。でも、ほんとうはポルトガル語だ。ＬＩＮＡ。「冒険家」や「好奇心旺盛な」という意味なのだと、名前を考えたお母さんが教えてくれた。

九月半ば、授業が終わったあとの『帰りの会』で、来週おこなわれる授業参観と保護者会のプリントが配られた。

担任の先生は『帰りの会』が終わると、リナをベランダに呼び出した。

「授業参観にはできれば来てもらいたいけど、保護者会のほうはお休みでいいからって、お母さんに言っておいて」

一学期もそうだった。

お母さんは日本語があまりうまくない。日常会話はなんとかなっても、会議のようなあらたまった言葉を使う場は大の苦手だった。保護者会に出席しても、話し合いの内容はなんとなくしかわからない。困ったときには、とりあえず笑ってうなずくことにしている。そのせいで、前の学校では、知らないうちにＰＴＡの面倒くさい仕事を押しつけられてしまい、あとで大変な騒ぎになったのだ。

この学校に転入するときには、前の学校の校長先生が手紙を書いてくれたので、お母さんはPTA活動を免除され、五月の保護者会も学校公認で欠席した。おかげで仕事を押しつけられることはなくなったけど、代わりに保護者会で友だちをつくる機会もなくなった。

「今度も休んでいいんですか？」

六年生の二学期と三学期は卒業式や謝恩会の準備で、PTAは猫の手も借りたいほど大変なのだと、お母さんが学年の役員をしている子が言っていた。

でも、先生は「もちろん」と笑った。休ませてあげるから安心しろよ、と言いたげな笑顔だった。

「卒業式の準備とか……みんな、忙しいって……」

「そんなの心配しなくてもだいじょうぶ。みんなでお互いにフォローして、助け合ってやっていくから」

先生は笑顔でサムズアップのポーズをした。任せろ、と言ってくれているのだろう。

リナは「ありがとうございます」と笑って応《こた》え、ぺこりとお辞儀をしてひきあげた。

ほんとうは「じゃあ、みんなで助け合って難しい言葉を説明して、ウチのお母さんも入れてくれればいいのに」と言いたかったのだけど。

お母さんはいつも、授業参観で目立ってしまう。同級生の両親の中ではとびぬけて若いし、顔立ちや体格も、明らかに他の母親とは違う。しかも、それを強調するみたいに彩りの鮮やかすぎるメイクをして、ピアスもたくさんつけて、自分の好きな服を着てくる。

この学校に来て初めての——五月の授業参観もそうだった。体の線がはっきりとわかるショート丈のニットに、おへそが出るローライズのパンツを穿《は》いて、ワッペンをたくさん付けたGジャンを羽織っていた。テレビに出ている人ならお洒落《しゃれ》でセクシーでも、教室の後ろで授業を参観する母親の中に、そんないでたちの人は一人もいない。

お母さんのまわりには微妙な隙間ができていた。迷惑そうな顔をする父親もいるし、眉をひそめて耳打ちし合う母親もいる。

でもお母さんはちっとも気にしない。まわりが広いぶん体を動かしやすいので、リナに手を振ったり、最後列の子が広げたノートを興味深そうに覗《のぞ》き込んだりして、ほんとうにご機嫌なのだ。

仕事がどんなに忙しくても、授業参観日には都合をつける。つけられなかったら仮病を使って休む。前の仕事を雇い止めされたのも、三学期の授業参観日にズル休みしたことが工場長にばれてしまったのが大きい。それでもお母さんはケロッとした顔で〈また引っ越しだね〉と言って——コスモス祭りのあるこの街に移り住んだのだ。

お母さんは日本に来た最初の頃は地元の中学に通っていた。でも、言葉が全然わからないし、日系人コミュニティの先輩とポルトガル語でしゃべって夜遊びするほうがずっと楽しかったので、学校はすぐにやめてしまった。

だから、リナが教室でみんなと一緒に授業を受けているのが、うれしくてしかたない。

〈がんばって学校やめなかったら、いまごろは、もっと日本語が上手になってた〉

昔のことをくよくよしないお母さんの、ほとんど唯一の後悔が、そのこと――。

〈向こうにいた頃は学校に行くのが一番楽しかったから〉

昔をめったに懐かしがらないお母さんが、珍しく思い出話をするときは、たいがい学校のことだ。サンパウロ郊外の生まれ故郷の村はみんな貧しくて、幼い子どもたちも水汲みや畑仕事に駆り出されていた。でも、学校にいる時間だけは手伝いから解放される。子どもに戻って無邪気に遊べる。

〈勉強なんてちっともしなかったけどね〉

冗談めかして話にオチをつけ、リナの背中に両手を回す。

〈だからリナが学校で元気にやってるのを見るのが、お母さんの幸せ〉

そう言って、ふくよかな胸でリナの顔を挟むように抱きしめるのが、お決まりだった。

授業参観中のうれしそうなお母さんを見ていると、リナもうれしい。働き詰めのお母さんに少しでも親孝行ができた気分になる。

でも、引き換えに、あとで必ずクラスのみんなから、それぞれの母親の反応を聞かされてしまう。この学校は外国人の子が通っていないので、特に厳しかった。

「大ヒンシュクってお母さんが言ってたよ」「タトゥーが怖かったって」「注意したかったけど、日本語わからなそうだし、あきらめた、って」「もしもの話だけど、リナのママ、ナイフとか持ってないよね？」……。

満月池に、たくさん石を投げた。

池の底には、リナの投げ込んだ小石がいくつも沈んでいる。

数年前から人気のテレビ番組に、溜め池やお濠《ほり》の水を抜いて空っぽにして、泥の中からいろいろなものを取り出す——というバラエティがある。

もしも満月池がロケ地に選ばれたら、どんな生き物が出てくるのだろう。

思いも寄らない粗大ゴミや歴史的に貴重な遺物が見つかる回もあるが、ほとんどは、棲《す》みついていた外来種の生き物を駆除する、という筋書きだ。

外来種は繁殖力が強くて、もともとの自然の生態系を破壊してしまう。貴重な生き物を貪欲に食べ尽くすものもいるし、人間を襲う凶暴なものまでいる。だから自然を守るために駆除しなくてはならない。

とても正しい。でも、正しくても優しくないな、とリナはよく思う。外来種は日本の自然を破壊しようと思っているのではなく、おなかが空いて、目の前のものを食べていたら、それがたまたま絶滅危惧種だっただけ――。

そもそも、外来種は、日本に来たくて来たわけじゃないんだし――。

南米産の外来種は特に、柄が派手だったり色合いが毒々しかったりするものが多い。ある回で南米産のナマズを捕まえたお笑いタレントは、「こんな派手な柄の魚は、日本には似合いません！　出て行けーっ！」と、ナマズを忌々《いまいま》しそうに水槽に放り込んでいた。

その場面をたまたま観ていたリナは、授業参観の保護者の中にいるお母さんの姿を、ふと思い浮かべたのだ。

九月の授業参観の日付と時間を伝えると、お母さんは張り切ってカレンダーに印をつけた。今度の工場は夜勤だから仮病を使わなくてもいいね、と上機嫌に笑う。

でも、保護者会のことは、〈そうなの？〉と拍子抜けして、寂しそうな顔になった。

五月もそうだったのに、けろっと忘れている。前の学校で大変な目に遭ったことすら記憶からあっさり棄《す》てて去っていた。

〈お友だちができるかと思ったのに……〉

いままでも、それを楽しみにして保護者会に出かけていた。願いが叶ったことは一度もないのに。

リナはあわてて〈ウチは四月に転校してきたばかりで、もういろんな仕事は去年のうちに決めてるから、出なくていいんだって〉と――自分でも理由のわからない、小さな嘘をついた。

リナの家のカレンダーは、二ヶ月で一枚になっている。だから九月と十月がセットで、授業参観の日に印をつける前から、十月には印のついた日があった。

コスモス祭りだった。

〈なんでそんなに気に入ったの?〉

リナが訊くと、お母さんはコスモスのもう一つの呼び名を教えてくれた。

秋桜――秋に咲く、桜。

もともとブラジルの日系人には、祖国を象徴する桜の花に強い思い入れがある。お母さんも日本に来る前から「桜」という漢字だけは読めたし、書けた。日本に来て、日系人コミュニティの仲間たちと初めてお花見をしたときには、満開の桜の美しさに感動した。

〈でも、秋に咲く桜があるとは知らなかったから、びっくりした〉

「秋桜」の文字を初めて目にしたのは、カラオケのモニター画面だった。両親が帰国して少したった頃、勤めていた自動車部品メーカーの同僚と出かけたカラオケボックスで、誰かが『秋桜』という曲を歌ったのだ。

お母さんが生まれるずっと前に日本で大ヒットして、いまでも歌い継がれている曲なのだという。

隣に座った人が、お母さんにもわかりやすい日本語で歌詞を説明してくれた。

もうすぐ結婚して家を出る娘と、お母さんの歌だった。モニターにも、歌詞をなぞって、縁側で母と娘が話している映像が流れていた。

サビの部分で、映像が一面のコスモス畑に切り替わった。その瞬間、まだ二十歳前のお母さんは大粒の涙をぽろぽろと流した。ふるさとに帰った両親の姿が、不意に思い浮かんだのだ。

〈べつに悲しかったわけじゃないんだけど、涙が止まらなくなってね……〉

そのときのことを語るお母さんの目は、うっすらと潤んでいた。

授業参観の当日、お母さんはブラウスとキュロットスカートで学校に来た。派遣会社に写真を登録したときと同じ服装だった。

リナが選んだ。いつものように、おめかしをするつもりだったお母さんに、いいからこれにして、と強引に決めたのだ。理由は説明しなかった。こういうときにはこういう服装がいい、お母さんの考えるお洒落な服は授業参観にはふさわしくない、まわりの人たちと服装が違って目立ちすぎるとよくない……というのを日本語で話してもお母さんには通じないかもしれないし、ポルトガル語で説明する自信もない。なによりきょとんとした顔のお母さんに目立ってはいけない理由を訊かれたら、言葉に詰まってしまいそうな気がしたから。

でも、そのおかげで、授業前に教室に入ってきたお母さんは、メイクこそ派手だったけど、それほど極端に目立つことはなく、教室の後ろに並ぶ保護者に溶け込んでいた。

ほっとして授業を受けていたら、教室の後ろから、カシャッという音が聞こえた。スマートフォンで写真を撮った音だ。それも連写で立てつづけに。ちょうど先生が板書中で静かなときだったので、音は教室中に響いた。

「すみませーん……」

女の人の声がした。決まり悪そうな、でも照れ笑いを浮かべているような、あまり真剣に謝っているようには聞こえない。そして、イントネーションが、微妙に、ぎごちない。

クラスのみんなは一斉に後ろを振り向いた——リナを除いて。

リナは机に広げたノートの一点を見つめたまま、身をこわばらせていた。声を聞いてすぐにわかった。ほんとうは、撮影の音が聞こえた瞬間から、覚悟していた。

おそるおそる教室の後ろに目をやると、やはりお母さんは、まわりのお父さんやお母さんたちの視線を左右から浴びていた。みんなびっくりしていた。信じられない、という顔でもあった。確かに、授業参観中にスマホで写真を撮るなんてありえない。非常識すぎる。怒った顔でにらんでいる人もいた。

幸い、それ以上の騒ぎにはならなかった。先生は困惑しながらも授業に戻り、みんなも前に向き直って、お母さんはその後はもう撮影はしなかった。

〈ねえ、なんで写真撮ったの？〉

リナはその日のうちにお母さんに訊いた。

お母さんは〈ごめんね〉と、軽い失敗を謝るみたいに笑って、教えてくれた。

ブラジルにいる両親——リナにとってのおじいちゃんとおばあちゃんに、写真を送ってあげたかったのだという。

お母さんの両親は日本で五年ほど働いた。出稼ぎは、向こうの言葉でもdekasegiで通じる。日本がひどい不況になって仕事がなくなったのでブラジルに帰った。でも、まだ十八だったお母さんは、日本に残ることにした。結婚を約束した日本人の恋人がいた。喧嘩《けんか》別れした恰好《かっこう》で親子は離ればなれになり、お母さんと恋人の間にはやがて赤ちゃんができて、結婚をして、生まれた赤ちゃんはリナと名付けられたのだ。

お母さんはいまは両親と仲直りして、ときどきメールのやり取りをしている。そのメールに添付して、授業参観のときのリナの写真を送ろうとした。

リナはこんなに元気で、大きくなって、学校に通っています――。

「ちょっと、自慢、したかったんだよね」

お母さんは日本語で言った。

この程度なら、ポルトガル語で言われても、リナにもわかる。でも、お母さんは発音がぎごちない日本語をあえて使って、もっとぎごちない発音でさらに続けた。

「ごめん、また引っ越し、するから」

惣菜工場を雇い止めになった。仕事は十月いっぱいで打ち切られる。

昨日通告されて、今朝、授業参観に出かける前に、写真を撮ろうと決めた。

だったら「自慢」じゃなくて「嘘」や「見栄」なのに。リナはすぐに思い、自分のほうが正しいとわかっていたから、なにも言わずにうなずいた。

〈ここで新しい仕事を探してもいいけど、もうすぐ冬だから、スキーできるところに行ってみる?〉

ポルトガル語に戻る。知らないよ、勝手にしてよ、とリナはそっぽを向いた。怒っているようで、怒っていない。あきれているようで、そうでもない。うれしくはない。

でも悲しすぎるわけでもない。じゃあ、いまの気持ちはなんなのか。訊かれてもよくわからない。

ただ、「日本人離れ」というのは、こういうことなのかな、と思うと、ちょっと背中がこそばゆくなる。だったら悪口じゃなくていいな、と頰をゆるめた。

授業参観中のスマホ撮影は、やはり参観後の保護者会では問題になったらしい。あとで友だちから聞いた。先生がかばってくれたのだという。リナのお母さんは日本語や日本の社会の常識が苦手なのだと言って——「それでみんなも許してあげたわけ。よかったね」。

リナはその日、満月池で、いつもより遠くに、力を込めて小石を投げた。

放課後に満月池に寄るのも、あと何度あるだろう。もう、この街に帰ってくることはないだろう。いままでの街もそうだったように。

でも、いつか、五年後でも十年後でも、例のバラエティ番組で満月池の水が抜かれるときが来たら、テレビで観よう。泥の中から小石が見つかったら「これ、外来種だよ」とテレビの画面に向かって言ってあげてもいいかな、と思う。

お母さんの両親からは、ほどなく返事が来た。

〈日本が懐かしくなったから、また遊びに行きたい、って。楽しみだね〉

富士山《ふじさん》に連れて行ってあげようかなあ、ディズニーランドがいいかなあ、とお母さんは張り切っていた。

でも、スマホの画面を覗くと、文面はまだあった。リナにもわかる、簡単なポルトガル語のメッセージだった。

つらくなったら、いつでも帰っておいで――。


秋晴れの空の下に広がるコスモス畑は、期待していたとおりのスケールと美しさだった。

もっとも、人出の多さや野外ステージで繰り広げられるイベントのにぎやかさは予想を超えていた。コスモス畑の中には縦横に遊歩道がつくられていたけど、ステージ付近では写真を撮る人が多すぎて、まっすぐ歩くのにも苦労する混み合いようだった。

〈どうする?〉

リナは屋台村で買ったシュラスコのバゲットサンドを頰張って訊いた。

〈もっと向こうまで行ってみよう〉

紙コップを持ったお母さんは、口のまわりにドイツのクラフトビールの泡を付けたまま、河川敷の先を指差した。確かにゆっくりコスモスを眺めるには、広い会場のはずれまで行くしかなさそうだった。

屋台村に並ぶ移動販売車には、おなじみのお好み焼きやタコ焼きだけでなく、ブラジルのシュラスコやトルコのケバブ、台湾《たいわん》のタピオカにインドのカレーとナン、メキシコのタコス、韓国のチヂミ、ベトナムのバイン・ミー、ドイツのフランクフルト、フランスのガレット……世界中の食べものがある。

それがコスモス祭りの特色でもあった。「コスモス」はラテン語で「宇宙」を意味する言葉で、花びらが整然と形良く並んでいるところから、これはまさに秩序のある宇宙ではないか、と名付けられた。同じ語源を持つ言葉に「コスモポリタン」がある。国家や民族を超えた、同じ地球の仲間、世界市民、国際人——お祭りの実行委員会は、戦争や衝突の絶えない現実の地球が少しでも平和になってほしいという願いを込めて、世界各国の料理が味わえるよう、移動販売の業者に声をかけているのだという。

ゆうべリナは、お祭りのウェブサイトでそれを知った。出店する屋台を確認するだけのつもりだったのに、むしろそっちの方をじっくり読みふけってしまった。

お母さんはなにも知らない。のんきに〈ここで朝昼晩を食べたら、一日で世界一周できちゃうね〉と笑うだけだ。教えてあげようかと思ったけど、やめておいた。そういうのをなにも知らないのがお母さんのいいところかもしれない、と思ったから。

代わりに、土手道を並んで歩きながら、ウェブサイトに出ていたもう一つの話を伝えた。

〈ねえ、知ってた？　コスモスって、もともと日本にあった花じゃないんだよ〉

〈そうなの？〉

〈うん。もともとはメキシコとか、中南米が原産なんだって。だから――〉

ポルトガル語でどう言うのか知らなかったので、ここだけ日本語で「外来種だよね」と言った。

ふうん、とお母さんは相槌《あいづち》を打った。思ったほど驚かなかったし、喜ばなかった。「外来種」という言葉がよくわからなかったのかもしれない。

コスモスが日本に来て広まったのは明治時代のことだった。「秋の桜」でアキザクラと名付けられた。遠い外国から来た花に、国を代表する桜の名前を付けるとは、昔の人のほうがいまより大らかで寛容だったのだろうか。でも、同じように長い旅をして日本に来たのに、ナンベイカミツキガメやセイタカアワダチソウとしか名付けられなかった生き物や植物が、ちょっとかわいそうにもなった。

〈このへんでいいかな〉

お母さんは土手道から河川敷に下りて、コスモス畑の遊歩道に入った。さすがに会場のはずれまで来ると、人影は見当たらない。濃淡のある赤紫色の花が、お母さんの腰から下を隠して、なんだかコスモスの海に入っているみたいだった。

写真を撮っていたリナにお母さんは〈写真なんてあとでいいから、こっちにおいでよ〉と声をかけて、〈明日から忙しいんだから〉と関係のない話を唐突につなげた。

惣菜工場の仕事が十月いっぱいで終わるお母さんは、雇い止めが通告された翌日から新しい職探しを始めて、明日から三日連続で面接に臨む。仕事は、宅配便の配送センターの仕分け作業と、ビルクリーニングと、百均チェーンの倉庫の在庫管理。どれも、日本語が堪能でなくても、バーコードリーダーか体力があればこなせる仕事だ。

引っ越しは思いとどまった。あと半年で卒業するリナにすれば助かった。でも、引っ越しするならするで、わたしはかまわなかったんだけど――そういうところが、やはり「日本人離れ」なのかもしれない。

遊歩道には、ところどころにベンチが設けられていた。その一つに並んで座って、晴れた空とコスモス畑をぼんやり眺めた。座って目の位置が低くなると、ほんとうにコスモスの海みたいに見える。

〈明日の面接、緊張するなあ……〉

お母さんは、のんびりした声で言った。半分面白がっている。初対面の人とおしゃべりするのを楽しみにしているのだ。ちょっと心配になったリナが〈あんまり派手な服にしないほうがいいよ〉と釘を刺すと、はいはい、と苦笑交じりにうなずいて、続けた。

〈やっぱり、日本に来たとき学校やめなきゃよかった。そうすれば、いまごろは、もっと日本語が上手になって……〉

〈もっといろんな仕事ができた？〉

先回りして訊くと、苦笑いを浮かべたまま、首を横に振る。

〈リナが大きくなっても、たくさんおしゃべりができる〉

相槌を打ちそこねた。息も止まった。

これから中学生になり、高校生になり、おとなになるにつれて、リナが生きる世界はうんと広がって、複雑にもなっていくだろう。自分の思っていることを言葉にするには、もうポルトガル語では無理だ。でも、日本語で話すと、今度はお母さんに伝わらない。

黙り込んだリナに、お母さんは〈ごめん、ヘンなこと言って〉と笑顔をつくり直し、リナの手に自分の手を重ねて、軽く握った。

〈言葉がわからなくなったら、これでいい〉

ポルトガル語で言って、日本語で繰り返す。

「これで、いい」

握る力が強くなって、仕上げにリナの手の甲をポンと叩き、照れくさそうに立ち上がる。

〈ちょっとだけ……いいよね？〉

左右を見て誰もいないのを確かめてから、立ち入り禁止の畑の中に入っていった。

だめだよ、怒られちゃうよ、と言いかけたリナは、まあいいか、とスマホのカメラをお母さんに向けた。

お気に入りのGジャンを着たお母さんが、コスモスの海をずんずん進む。その背中は、頼もしそうにも、心細そうにも見える。

足を止めた。こっちに向き直って、手を頭上に掲げて振った。

コスモスの海は、赤紫色の数えきれない宇宙の集まりでもあった。

海に包まれ、宇宙を背にして笑うお母さんは、やっぱり力強かったから――。

リナはスマホの持ち方を変え、自分とお母さんを画面に入れ込んで、撮影ボタンをタップした。

原っぱに汽車が停まる夜

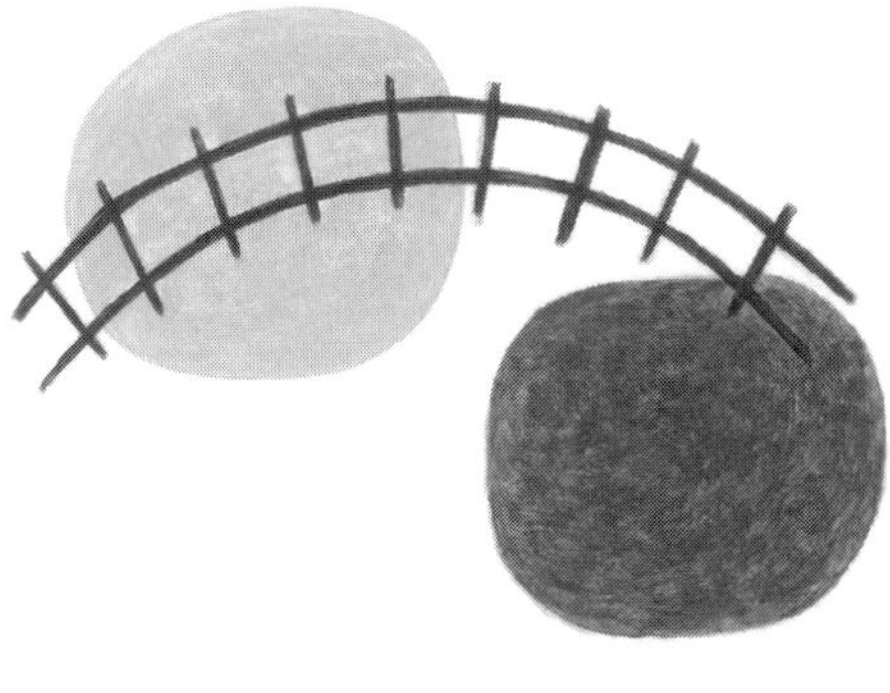

子どもたちは、いつも原っぱで遊ぶ。とても広い原っぱだ。遠くになだらかな山なみが見える。その間に、まなざしをさえぎるものはなにもない。見わたすかぎりの原っぱには、子どもたちしかいない。端から端まで、子どもたちの遊び場なのだ。

原っぱには、うぶ毛のようにやわらかくて背の低い草が生い茂っているので、けつまずいて転んでもちっとも痛くない。遊び疲れたら腰を下ろして、みんなで草を摘む。葉をむしると、さっぱりして、ほんのわずか酸っぱそうな、いい香りがする。花をつけた草もある。青と白が交じった花は、小さいけれど、蜜はとびきり甘い。

子どもたちの歳はさまざまだった。おとなびた子もいれば、まだ幼い子もいる。つい最近来るようになったばかりの子もいれば、すっかり古株の子もいる。でも、歳の差は遊ぶときの楽しさにはあまり関係がない。顔なじみかどうかも、そう。

原っぱには遊び道具がない。だから道具の使い方のじょうずな子とへたな子の差はつかない。みんなのお気に入りの遊びは追いかけっこだが、捕まえたら勝ち、逃げきったら勝ちというような決まりはない。勝ち負けもないし、順位もつかない。追いかけるほうも逃げるほうも笑って、捕まっても逃げきっても笑って、いつのまにか追う側と追われる側の役が入れ替わって、さらにまた入れ替わって、遊びはいつまでもつづいていく。

子どもたちが集まるのは、夜――。

月明かりに照らされ、満天の星に見守られて、子どもたちは遊ぶ。

昼間よりは暗い。でも、遊べないほど暗すぎることはない。

なぜって、原っぱを走りまわる子どもたちの足元に影は伸びていないのだから。頭上に手をかざしても、子どもたちの顔に影は落ちないのだから。

この原っぱは、夜にならないと姿を現さない。子どもたちも同じ。陽がとっぷりと暮れ落ちて、遠くの山なみと夜空の見分けがつきづらくなった頃、ふっ、とランプを灯すように原っぱに現れる。そして、夜が明ける少し前に、息を吹きかけられたランプの火のように姿を消す。

静かになった原っぱも、ほどなく、日の出の陽光が東の空から射した瞬間、まるでその光に溶かされたように、なにも見えなくなってしまうのだ。

夜、原っぱに現れた子どもは、あたりを見回して、近くにいる子を探す。だいじょうぶ。原っぱのどこにでも、必ずだれかがいる。

目が合うと、にっこりと笑う。それが、遊ぼうよ、という合図になる。

初めて会う子でも、すぐに仲良くなれる。みんな、ひとなつっこくて、優しい。ただし、仲良くなっても、お互いのことは名前しか教えない。いつから原っぱで遊んでいるのか、どこから来たのか、どうしてここに来たのか、いつまでここにいるのか……なにも言わないし、なにも尋ねない。話すと悲しくなってしまう。話を聞いているほうもつらくなる。ときどき、うっかりしゃべってしまったり、つい訊《き》いてしまったりすると、その夜の追いかけっこは涙交じりになってしまう。

子どもたちは、大好きなひと――家族や友だちや学校の先生に見送られて、夜中だけの原っぱに来た。見送るひとは、みんな泣いていた。子どもたちは目をつぶったまま、お別れをした。笑うことのできない子どもたちに代わって、大きく引き伸ばされた写真が、さよなら、と大好きなひとに笑顔で告げた。その笑顔の明るさが、見送るひとたちの頬に、また新たな涙を伝わせてしまった。

夜が更《ふ》けても、子どもたちは原っぱで遊ぶ。思いっきり遊ぶ。疲れたら座ってひと休みして、また起き上がって追いかけっこを始める。眠くなんてならない。それはそうだ。みんな、もうたっぷり眠っている。眠り飽きているのに、昼間はまだ眠っていなくてはならない。これからもずっと、「おはよう」を言うことはない。子どもたちのほとんどは、「おやすみなさい」を言って、パジャマに着替えて眠りについたわけではないのだけれど。

そんな子どもたちの追いかけっこは、勝ち負けや敵味方のルールがないので、いつまでもつづく。終わらなくていい。それが楽しくてしかたない。つづけたいのに終わってしまった、終わりたくないのに終わらなくてはならなかった、その悲しさや悔しさは、原っぱにいるだれもが知っている。

でも、追いかけっこが、ふと止まってしまうときがある。

真夜中——夜の闇がいちばん深く、そのぶん星の輝きがいちばん増した頃、ふと空を見上げると、墨で描いたような橋が架かっていることに気づく。

レンガを組んだアーチ橋だ。夜空を横切るように架かった長い橋は、その始まりも終わりも闇に溶けている。まるでトンネルとトンネルの間を橋でつないでいるようにも見える。

橋に気づいた子どもは追いかけっこをやめて、その場に立ち止まる。一人、また一人、さらにまた一人……。

原っぱには、いったい何人の子どもたちがいるのか。自分ではわからない。子どもたちは、自分のまなざしの届く範囲の友だちとしか遊べない。

たくさんいるのだ。

がらんとしていなくてはならないはずの原っぱなのに、そこから子どもたちの気配が消え失せることは、ない。

大きな災いのあとは、いっぺんに増える。たちの悪い流行《はや》り病が蔓延《まんえん》したときにも、増えてしまう。

でも、そうでなくても、新顔の子どもはぽつりぽつりと、絶えることなく、原っぱに姿を見せる。しょんぼりとしている子もいる。きっと、ここに来たくなかったのだ。逆に、ほっとした様子で原っぱにたたずむ子もいる。もしかしたら、昼間の世界にいた頃のほうがつらくて、終わりのない眠りについたときに、ようやく救われたのかもしれない。

とにかく、ここにはたくさんの子どもたちがいて、みんな、星空にアーチ橋が架かると追いかけっこをひと休みして、橋を見上げるのだ。

しばらく待っていると、夜汽車が現れる。うんと古い型の、博物館に展示してあるような蒸気機関車が、数両の客車をひいて、アーチ橋を渡る。煙は見えない。代わりに、煙突から小さな光がたくさん出て、散って、流れ星になる。

子どもたちは歓声をあげる。みんな、毎晩、これを楽しみにしているのだ。

橋は天頂を目指すように傾いているので、夜汽車も坂をゆっくりと登る。音はない。歓声もやがてやんで、しんとした静けさのなか、列車を見送る時間が過ぎていく。

客車の窓の灯りが、等間隔に並んで夜空に浮かぶ。乗客の姿も小さく見える。どの窓にも人影が見える夜もあれば、一両に数えるほどしか乗っていない夜もある。乗客はどんなひとなのか、距離がありすぎて、子どもたちにはわからない。そのひとたちが窓から原っぱを見ているのかどうかも。

ただ、その列車を見つめていると、いいなあ、と思う。うらやんでいるのではない。ねたんだり、ひがんだりというのでもない。ただ、いいなあ、と頰がゆるむのだ。いいなあ、いいなあ、とうれしくなって、せつなくなって、胸の奥がきゅっとすぼまるのだ。

列車に向かって手を振るのは、たいがい幼くて、まだこの原っぱに来て間もない子だ。

年上の子が、やんわりとそれを制して、正しい作法を教える。

夜汽車を見送るときには、手を振るのではなく、合わせるのだ。左右の指をぴんと伸ばして手のひらを合わせ、じっと見つめる。まずは、ねぎらおう。列車に乗り込むまでの長い旅を。そして、ここから始まるさらに長い旅の無事を祈ろう。

「こう？　こんな感じ？」

お手本どおりのしぐさをして、ケンちゃんが訊いた。ほんの何日か前に原っぱに来たばかりの子だ。

「そうそう、うまいぞ」

手の合わせ方を教えたマモルくんは、うれしそうにうなずく。

マモルくんも年上の子に教わった。ミドリさんという、マモルくんが来る前から原っぱにいた女の子だった。

ミドリさんは、いまはもう、原っぱにはいない。たっぷり遊んで、友だちもたくさんできて、だから――「わたし、そろそろ行くね」と、すっきりした顔でマモルくんに言ったのだ。

マモルくんとケンちゃんは並んで手を合わせて、夜汽車を見送った。

アーチ橋を渡りきった汽車は、現れたときと同じように、まるで夜空のトンネルにもぐるみたいに消えてしまう。最後の車両が渡りきる。汽車の形は見えなくなっても、テールランプの赤い灯《ひ》はしばらく夜空に残っている。それを見つめていると、あらためて、いいなあ、という思いがつのる。微笑《ほほえ》みは、深くなりすぎると、泣き顔に近くなってしまう。これ以上微笑んでは危ない、というところで赤い灯は消える。

そのとき、いつも原っぱには、あるかないかの風が吹く。子どもたちのつく、ふう、というため息が、夜のとばりを揺らすのだ。

そしてまた、原っぱは子どもたちの歓声に包まれる。あちこちで追いかけっこが始まる。

ケンちゃんも、すぐにでも駆けだしたがっている顔になった。どうやら最初は追いかける側に回りたいらしい。ほら、早く逃げてよ、とマモルくんに目配せしてくる。

でも、マモルくんは、さっきの話のつづきを始めた。ふと思いついたのだ。ミドリさんに教えてもらった、原っぱの子どもたちがお別れするときのあいさつを、ケンちゃんにも伝えておきたくなった。

なぜだろう。理由は自分でもよくわからなかったが、いったん思いつくと、どうしても語らずにはいられなくなった。

原っぱの子どもたちのあいさつに「さよなら」はない。お別れするときは「そろそろ行くね」がお決まりで、見送るほうは「じゃあ、またね」と返す。

「そろそろ行くね」

「じゃあ、またね」

「いつか」

「どこかで」

「今度は……」

「ね、今度は……」

そこまで。

締めくくりの言葉はない。

ケンちゃんは「いいの?」と、きょとんとした顔で訊いた。

ぼくもそうだったな、とマモルくんは苦笑する。ミドリさんからあいさつを教わったときのマモルくんも、いまのケンちゃんと同じような顔で、同じようなことを訊いたのだ。

「今度は……のあとは、ほんとに、なにも言わなくていいの?」

「うん、いいんだ。言わなくても、みんなわかってるから」

実際、マモルくんもそうだった。ミドリさんとのお別れのとき、「今度は……」と言われて、「ね、今度は……」と返した、その瞬間、上着のスナップボタンがパチンと留まったような感じがした。言葉に出さなくてもいい。言いたいことはお互いにわかっている。だいじょうぶ。絶対に間違いない。

ミドリさんが言いたくて、マモルくんが言いたかった言葉は——。

言わなくていい。

「えーっ? 教えてよ」

ケンちゃんは口をとがらせて訊いた。わかるわかる、ぼくと同じだなあ、とマモルくんはまた苦笑してうなずいた。で、ぼくのいまの笑い方は、ミドリさんとそっくりなんだろうなあ。

「そのときになれば、わかるよ」

「そのときって？」

「ぼくとケンちゃんがお別れするとき」

「お別れするの？」

「うん……たぶん、もうすぐ」

そうなんだな。いまになってわかった。だから、今夜は急にケンちゃんに夜汽車の見送り方やお別れのあいさつを教えておきたくなったんだな。

「もうすぐって、いつ？」

「ぼくには決められないんだけど」

マモルくんは夜空を見上げ、さっきまで夜汽車が走っていた方角を指差して、つづけた。

「あの汽車は、ときどき、ここに停まるんだ」

「そうなの？」

「うん……この原っぱは駅なんだ。めったに停まってくれないんだけどね」

ミドリさんから教わったまま、伝えた。仲良くなったばかりの頃に聞いたことだ。

ミドリさんもだれかから教わって、そのだれかも別の子に聞いた。そうやって、原っぱの子どもたちは夜汽車にまつわるさまざまなことを語り継いできたのだ。

でも、一つだけ、ミドリさんは自分で考えたことをマモルくんに教えてくれた。それを、いま、マモルくんはケンちゃんに伝えた。

「銀河鉄道っていうんだって」

「ギンガ?」

「よくわかんないけど、星がいっぱい集まってるところを、そう言うんだって」

昼間の世界にいた頃のミドリさんは、本を読むことが大好きだった。

とりわけお気に入りは、ずっと昔、無名のまま若くして亡くなった童話作家の書くお話だった。

みんなのしあわせのことばかり考えていたその作家の作品の中に、夜空を旅する汽車のお話があった。原っぱに来たミドリさんは、初めて夜汽車を見たとき、うわあっ、と感動の声をあげたらしい。ほんとうにあったんだ、ほんとうに走ってるんだ、あの夜汽車。

「それって、どんなお話なの?」

「ぼくもよく知らないんだけど、だれかを助けて、その身代わりになって死んじゃった子が乗ってるんだって」

「ギンガなんとかに?」

「うん……」

そこから先のあらすじは知らない。ミドリさんが途中で泣きだしたので、話はそれきりになってしまった。思いださなくてもいいことを思いだしたのを悔やみながらミドリさんは泣きじゃくり、でも、思いだしたくないことを嗚咽《おえつ》交じりに、切れ切れに語ってくれた。

ミドリさんも同級生のだれかを助けたらしい。そのせいで、助けてあげた子の身代わりになってしまった。別の同級生のグループからひどい目に遭わされて、だれにも言えないつらい思いをして、じっと我慢をしていたら、そのグループの中に、いつのまにか助けてあげた子も加わっていることを知って……。

「まあいいや、それは」

マモルくんは、ミドリさんの話をケンちゃんには伝えなかった。悲しみは分かち合わなくていい。

「とにかく、ここは駅なんだ。でも、汽車はめったに停まらない」

「快速とか急行なの？」

「くわしいなあ」

「ぼく、電車のことたくさん知ってるんだよ。写真を一瞬見ただけで、どこの私鉄の電車かすぐにわかるから、天才少年って呼ばれてたんだよ」

「へえ、だれに？」

「看護師さん」

答えた直後、ケンちゃんは、ひやっとした顔になった。

マモルくんも思わず目を伏せた。そうか、ケンちゃんは、病院から……と巡らせた考えに蓋をした。

おしゃべりがはずむと、ついつい、よけいな話までしてしまう。まだ幼いケンちゃんには、いろいろなことを忘れたふりをして振る舞うのは難しい。原っぱの子どもたちが追いかけっこを好んでいるのも、走っていればしゃべらずにすむからなのだ。

マモルくんは話を先に進めた。

「原っぱから出て行く子は、汽車に乗るんだ。おじいさんの車掌さんがいるから、きっぷをくださいってお願いして、車掌さんがきっぷをくれたら汽車に乗れる」

ミドリさんも、そうやって汽車に乗って、原っぱを去って行ったのだ。

「きっぷをもらえないこともあるの?」

「うん、けっこうあるよ。車掌さんが、もっとここで遊んでいなさいって言って、乗せてくれないんだ」

たっぷり遊んで、たっぷり笑っていないと、きっぷはもらえない。でも、車掌さんは、汽車に乗れずにがっかりする子どもに声をかける。「あわてなくていいよ。もっともっと、気のすむまで遊んで、ほっぺやあごが疲れるぐらい笑いなさい」――その声は、こたつでうたた寝をするときのように温かくて優しいのだという。

「汽車に乗って、どこに行くの?」

ケンちゃんに訊かれたマモルくんは、答える代わりに、いきなり駆けだした。走りながら振り向いて、笑いながら自分のおしりをペンペン叩き、「ここまでおいでっ」とケンちゃんを挑発する。ケンちゃんもすぐに歓声をあげて追いかけてきた。

助かった。ケンちゃんの無邪気な幼さが、こういうときにはありがたい。質問の答えが返ってこなかったことも、走っているうちに忘れてくれるだろう。

マモルくんも、同じ質問をミドリさんにしたのだ。ミドリさんも、同じように急に追いかけっこを始めて、ごまかしたのだ。

もっとも、そのときのマモルくんはケンちゃんよりも大きかったので、質問を忘れてはいなかった。でも、走りながら、答えはもういいや、と思った。教えてもらわなくても、なんとなくわかる。だからもういい。聞きたくないし、ミドリさんにも言わせたくない。

ケンちゃんも——。

逃げながら、ちらりと振り向いた。

ケンちゃんは追いかけるのに夢中で、質問のことはすっかり忘れている様子だった。

でも、あの日のマモルくんも、ミドリさんにはそんなふうに見えていたのかもしれない。

マモルくんはわざとスピードをゆるめて、ケンちゃんに捕まった。

ケンちゃんはすぐさま逃げる側に回る。やっぱり忘れているのだろう。よかった。

マモルくんは「待てーっ」と声をあげて追いかけた。本気で走るとすぐに捕まえてしまうので、加減しながら、全力疾走のお芝居をつづける。

こんな夜も、そろそろおしまいなのかな。

ふと思う。

ぼくはもう、夜汽車のきっぷをもらえるぐらい遊んで、笑ってきたのかな——。


何日かたった。

寒く冷え込んだ夜、いつものように夜空に現れたレンガのアーチ橋は、いつもとは違って、下り勾配だった。

姿を見せた夜汽車も、旧式の蒸気機関車にひかれて、ゆっくりと天空から地上へと降りてくる。

原っぱの子どもたちが集まってきた。ひさしぶりに停まった夜汽車を、黙って迎える。歓声はあがらない。みんな知っているのだ。今夜、何人かの友だちが、この広場から去って行く。ひときわ緊張した面持ちでたたずんでいるのは、きっぷをもらうつもりの子どもたち——その中には、マモルくんもいた。

汽車が停まった。客車の窓から先客が子どもたちを見ている。おとなのひとばかりだ。

先客は、原っぱの前に停車した駅から乗り込んでいた。お年寄りの乗る駅、おじさんの乗る駅、おばさんの乗る駅、若い人の乗る駅……おとなのための駅はいくつもある。でも、子どもが乗るのは、終着駅の一つ手前の、この駅だけ。おとなの乗る駅には毎晩停まるのに、子どもの駅にはめったに停まらない。

その理由は、最後尾の車両から降りてきた車掌さんが話すのが習わしになっている。

今夜も、車掌さんは、子どもたちを前に、もごもごしたしわがれ声で言った。

「もっと遊んでいてもいいんですよ」

いつものお決まりの台詞《せりふ》がつづく。

「皆さんは、いくらでも遊んでいればいい。たくさん笑えばいい。この原っぱは、そのための広場です。皆さんが望むかぎり、ここにいればいい。次の列車が来るときまででもいいし、その次の列車でもいいのです」

よく見ればそんなはずはないのに、制帽をかぶった車掌さんの顔は、なぜだかフクロウを思いだださせる。

「だから、ほんとうは、われわれもここに立ち寄りたくはないのです。この駅は通過してしまいたいのです」

われわれの中には、乗客も含まれている。だから四人掛けの席の窓際に座ったおとなたちは、そうそう、とうなずいた。

「でも、皆さんは、いつまでもこの原っぱにはいられません。ずっといてもいい。でも、いつまでもいることはできない。それが、この原っぱなのです」

毎回毎回、一言一句変わらない台詞だ。マモルくんも、何度も聞かされているうちにすっかり覚えた。

ずっといてもいい。

でも、いつまでもいることはできない。

その言葉を耳の奥で繰り返すと、汽車が停まるまでは半分半分だった思いが固まった。

ぼくはずっとここにいたんだな。

たっぷり遊んだ。たくさん笑った。だから、もういい。そろそろ行こう——。

いつもの口上を終えた車掌さんは、肩モールのついた厳めしい制服のポケットから、きっぷの束を取り出して、「さて、では……」と子どもたちを見わたした。

「今夜の汽車に乗りたい子はいますか?」

十数人の子どもが手を挙げ、前に進み出て、列をつくった。マモルくんも加わった。少し出足が遅れたせいで、列のしんがりになってしまった。

行列を遠巻きにして眺める人垣に、ケンちゃんを見つけた。ほんとに行っちゃうの？　と言いたげな顔でこっちを見ている。ケンちゃんはまだ遊び足りない。それでいい。笑い足りてもいないのだろう。まだ、ケンちゃんの「ずっと」はつづくのだ。

列は少しずつ進む。車掌さんは子どもたち一人ずつと話をして、ときには「膝の屈伸をしてごらん」「私の顔を見て笑ってごらん」と言ったりする。確かめているのだ。その子がたっぷり遊んで、たっぷり笑ったのかを。

今夜はいつもより、きっぷをもらえない子が多い。でも、車掌さんは「あわてなくていいからね」と言う。「いつまでもいることはできないけど、ずっといてもいいんだよ、ここに」

マモルくんの順番が来た。

車掌さんは名前を尋ねると、ほんのわずか記憶をたどる顔になって、「ああ、きみか」と笑う。だれに対しても、そう。数えきれないほどいる子どもたちのことを、車掌さんはすべて知っているのだ。

「マモルくん」

「はい」

「もういいのかい？」

「はい、もう、いいです」

そうか、とうなずいた車掌さんは、「シャツを脱いでごらん」と言った。「後ろを向いて、私に背中を見せて」

言われたとおりにした。

車掌さんは月明かりにマモルくんの背中を透かして、満足そうに笑ってうなずいた。

「アザが消えたね、ぜんぶ」

マモルくんはシャツのボタンを留めながら、はにかんで笑った。

背中は自分では見えない。でも、腕や、脚や、おなかについたアザはわかる。原っぱに来たばかりの頃、マモルくんはアザだらけだった。顔のアザも自分では見ることができないけれど、頰骨の下を押すと涙が出るほど痛かったし、最初のうちは左目がかすんで、夜空に浮かぶ月が二つにも三つにも見えていたのだ。そんなアザも、いまはもう、すべて消えた。頰の痛みもなくなったし、月はくっきりと、一つだけ、浮かんでいる。

「よかった」

車掌さんに言われて、うつむいた。

アザのことを言われて、思いださないようにしていた記憶がよみがえった。

怖いおじさんがいた。お父さんとは呼べなかった。お母さんは、もともとは優しかったのに、おじさんがウチにいるようになって、ひとが変わってしまった。痛かった。おなかが空いた。寒かった。許してほしかった。ごめんなさい。ウチの中に入れてください。もうしません。痛い痛い痛い。だれか。寒いです。寒いです。ごめんなさい。お水をください。ごめんなさい。トイレに行かせてください。ごめんなさい。だれか。ごめんなさい。痛いです。ごめんなさい。気持ち悪い。おなかが痛い。吐き気がする。汚してごめんなさい。お母さん。寒いです。寒くて寒くて死にそうです。お母さん。

「ほんとうに、よかった」

車掌さんの声に、記憶の光景や声がかき消えた。

顔を上げると、車掌さんは「はい、どうぞ」ときっぷを差し出してくれた。薄い紙のきっぷには、なにも書かれていなかった。でも、銀色にほんのりと輝くきっぷは、きっと星の光を漉《す》き込んでいるのだろう。

客車に乗り込む前に、ケンちゃんのもとに戻って、お別れのあいさつをした。

このまえ教えたとおりに——。

「そろそろ行くね」

「じゃあ、またね」

「いつか」

「どこかで」

「今度は……」

「ね、今度は……」

そこまで。

締めくくりの言葉はない。

でも、ケンちゃんは、あ、そっか、というふうに笑顔でうなずいた。

そうなんだよ、とマモルくんも笑う。

ケンちゃんは、いずれだれかに、このあいさつを伝えてくれるだろう。

そして、ケンちゃんも汽車に乗る。

いつか。どこかで。昼間の世界で再会しても、お互いのことを覚えていないかもしれないけれど――今度は、今度こそは、二人とも……。


四人掛けの席に座った。

先客のおばあさんは、まるで楽しみにしていた旅行に出かけるみたいに上機嫌だった。

会釈をして窓際に腰かけたマモルくんに、問わず語りに「おじいさんが待ってるんですよ、もう、しびれを切らして」と言う。

マモルくんも、よかったですね、と笑い返し、窓枠に頬杖をついて、外を眺めた。

発車のベルはなく、警笛も鳴らさず、夜汽車はすでに走りだしていた。上り坂を、ゆっくりと、天頂へと向かう。

窓の外には無数の星がまたたいていた。

マモルくんは首をひねって下界を眺めてみた。でも、原っぱは闇に溶けて、もう、なにも見えなかった。

かえる神社の年越し

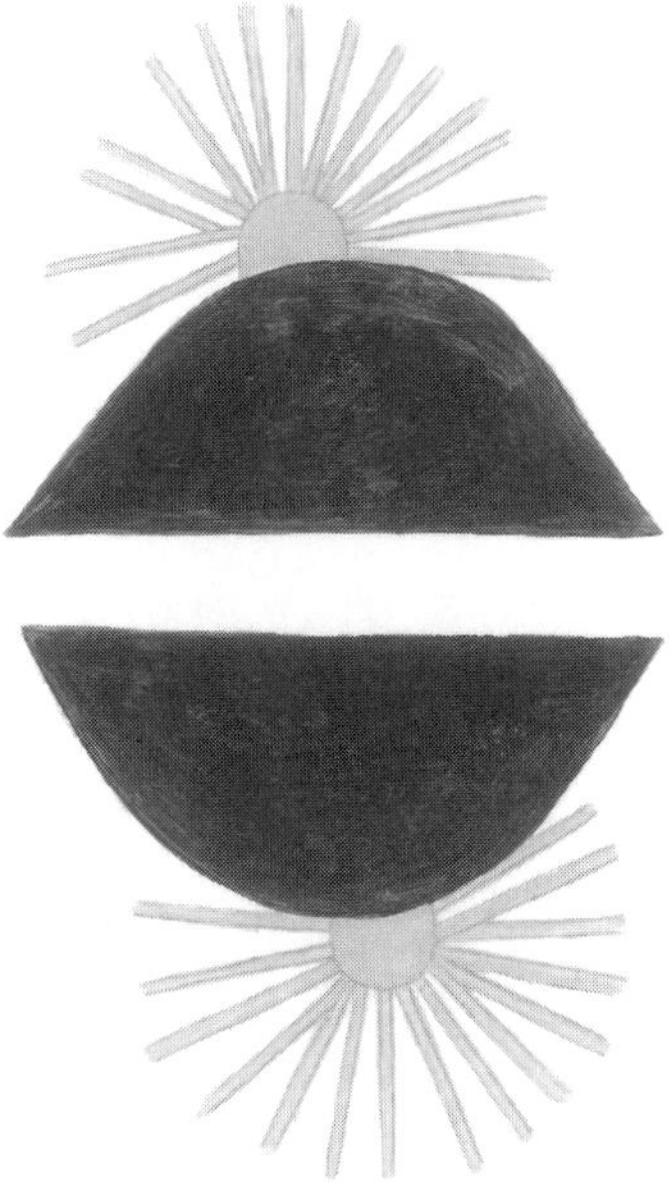

おれたちは仰向けになって年を越す。

ふだんは誰にも見せない喉や腹をさらし、両手両脚を折り曲げたまま、斜め上の虚空をじっと見つめる。

動けない。もともとおれたちは身動きできないようにつくられているので、仰向けになっていようと、ふだんの這いつくばった姿勢だろうと、たいして変わりはないのだが、それでもやはり、一年ぶりに仰向けになるとしばらくは落ち着かない。

近くの寺で撞《つ》く除夜の鐘が聞こえる。百と八つの鐘のうち、もう半分は過ぎているだろうか。三十までは数えたが、ちょうどそのときに姿勢を仰向けに変えられたので、あとはわからなくなってしまった。毎年のことだ。今年こそしっかり最初から最後まで数えようと思っていても、なかなかうまくいかない。

去年は六十三まで数えたところでひっくりかえされた。おととしもたしか五十の手前まで来ていたはずだから、今年はずいぶん早い。おれが年越しを迎えるのはこれで十二回になるが、こんなに早かったのは三回目の年越し以来だ。

あの年は鐘が鳴りはじめて早々に仰向けにされた。おれはまだ新参者だったので、そもそもの出番も早かったのだが、あの年は総勢三百を超える仲間たちが全員仰向けにされたのだ。ふだんの年はお役御免の長老たちにまで出番が回ってきた。三十年ぶり、四十年ぶりの長老もいたほどだ。

おれたちはとにかく動けないので、まわりの様子を見ることはできないのだが、かえるの置物が三百個以上も仰向けになって板張りの本殿を埋め尽くしているのは、さぞかし壮観だっただろう。

げろ。

おれたちは背中に短冊を敷いている。そこには願いごとが書いてある。

いや、違うな。もうちょっと細かく説明しないと誤解される。善男善女の皆さんがおれたちに託すのは「こうあってほしい」という願いごとではない。逆だ。「これ、なかったことにできませんか」というものを書いて、おれたちの背中に敷く。それが、かえる神社という異名を持つこの神社の、年越しの神事なのだ。

かえるが、ひっくりかえる。ひっくりかえったかえるにあやかって、この一年の間で実際に起きてしまった不幸や災いも、なかったことにしてもらおう。

くだらない駄洒落《だじゃれ》だが、歴史は意外と古く、江戸《えど》時代にまでさかのぼるらしい。宮司が参拝客に説明しているのを聞いた。全国広しといえども、ひっくりかえるの神事をおこなっているのは、この神社だけなのだと、宮司は胸を張っていた。そのわりには話題にもなっていないし、観光客が多いわけでもないところは、広報不足を反省していただきたい。

神社のご神体は、裏山の崖にある大きな岩だった。その岩の形が、がまがえるに似ていたので、かえる神社と呼ばれるようになった。ただ、室町《むろまち》時代末期に神社が創建される以前から、その岩は地元の人びとの信仰を集めていて、古代には亡くなった人の遺品を岩の前に置く習わしがあったという。また、岩肌を人為的に削り取った痕も残っている。

江戸時代の初めに神社を預かっていた第何代かの宮司が、どうやら目端の利く人だったらしく、かえるにまつわる縁起をつくった。その一つが、ひっくりかえるの話だが、さらにこんなものも考えた。

いにしえの人びとは、この岩に死者をよみがえらせる霊力を感じていたからこそ、遺品を供えたのだ。なるほど確かに、かえるは「生き返る」「この世に帰る」にも通じる。

岩肌を削り取ったのも、なにをやるにも命懸けだった時代の験《げん》担ぎだったのではないか。なるほど確かに、必ず帰る、必ず生きて帰ってきてほしい、これもまた、かえるの霊験につながる。

その戦略、などと言うと叱られてしまいそうだが、とにかく宮司の思惑どおり、江戸時代を通して、かえる神社は大いに栄えた。かえるだけに、さかえるのである。

亡き人に一目だけでも再会を果たしたいという善男善女がひきもきらずに参拝に訪れ、旅の無事を祈るお守りやお札が飛ぶように売れて、ひっくりかえるの神事も年越しの吉例となったのだ。

しかし、時代が下るにつれて、でっちあげ……いや、その、由来の怪しげな話には、さすがに善男善女も飛びつかなくなってきた。最初によみがえりの参拝が廃れ、旅の無事を祈るお札やお守りも時代遅れのものになってしまった。

結局、年越しのひっくりかえるだけが残って、今日に至る。年忘れという言葉もあるとおり、人間というのは昔もいまも、消し去ってしまいたい思い出なしに一年を過ごすのは難しい、ということなのだろう。


げろげろ。

おれたちは仰向けにされているので、自分の背中に敷かれた願いごとは読めない。

しかし、そこはよくしたもので、大晦日《おおみそか》の真夜中、というか元日の夜明け前に、本殿にはひそかに来客がある。人間には見ることのできない、おれたちだけの客なのだ。かえる岩の鎮座する裏山を越えて、鳥が飛んでくる。山の向こうの隣町にある天神さまの使いだ。

ただし、生身の鳥ではない。

その天神さまでは、毎年一月にうそ替えの神事がおこなわれる。口笛のようなきれいな声で鳴くウソという鳥がいる。漢字では「鷽」と書くのだが、それを「嘘」にする。この一年にあった不幸や災いを嘘にして、つまり、なかったことにしてしまおう、という神事である。

「鷽」を取り替えて「嘘」にするには、一年間手元に置いておいた木彫りのウソを天神さまに持って行って、新しいウソに取り替えてもらわなくてはならない。

おれたちのもとを訪ねてくるのは、その木彫りのウソの精霊なのだ。

天神さまのうそ替えは、かえる神社のひっくりかえるとは違い、太宰府《だざいふ》天満宮に起源がある由緒正しい神事だが、こちらも駄洒落である。善男善女は駄洒落好きが揃っているのか、この程度のことでも「うまいっ」と膝を打ってくれるお人好しこそが善男善女の証《あかし》なのだろうか。

とにかく山を隔てた二つの町に、それぞれ「なかったことにしたい」の神事があるわけだ。ふつうなら商売敵になるのだろうが、うまい具合に、日がずれている。おれたちは大晦日で、向こうは初天神にあたる一月二十五日だし、「なかったことにしたい」と願う人たちは、一回やっておけばそれで気がすむわけではない。日を置いて二つの神社をはしごする人も多く、迎える側も「鳥とかえるで、とりかえる」と、さらなる駄洒落を重ねて、いわば共存共栄の関係を築いているのだ。

そんなわけで、おれたちとウソの精霊は親しく付き合っている。おれたちはウソに頼んで、背負った願いごとを読んでもらい、ウソはウソで、おれたちに寄せられた願いごとを知っておくことで、うそ替えの神事に向けての心の準備を整えるのだ。

ただし、ウソは性格が悪い。口も悪くて、いつも言いたい放題だ。おれとは不思議と気が合って、大晦日に会うのをお互い楽しみにしているのだが、あいつの性格と口の悪さはどうにかならないものか。

「同じつくりものでも一緒にしないでよ」

ウソは口癖のように言うのだ。

「あんたらは両生類だけどウチら鳥類だから。こっち、卵に殻がついてるし、毛も生えてるから体温キープできるし。あと、食べるとおいしいんだって」

最後のは自慢しなくていいと思う。

かえるだって水中と陸上の両方で生きられるのはたいしたものなのだが、ウソに言わせると、空を飛べるのはそれだけで圧勝なのだという。「人間はウチらに憧れてるけど、あんたらみたいにはなりたくないって思ってるみたいだよ」——おれも、そんな気はしていたのだ。

おれたちの長老が「おまえの仲間のニワトリは、三歩も歩くと覚えたことをぜんぶ忘れるっていうぞ」と言っても、「あんたら、おしっこかけられても平気な顔してるじゃない。プライドがないのよ、情けないね」で負ける。勝ち負けの基準はよくわからないのだが、ウソはいつも一方的に「はい論破っ」と勝利を宣言する。さらに食い下がろうとしても、「あんたら鋳物《いもの》じゃん。大量生産じゃん。悪いけど、ウチら手彫りなんで、個性ありありなもんで、よろしくっ」。

鳥というのは、ほんとうに頭がいいのかどうかは知らないが、弁が立つのは確かだ。まあ、もともと、おれたちはあいつらの餌だし。

とにかく、今年も大晦日を迎え、おれたちは一年ぶりに社務所の奥の棚から本殿へと移され、仰向けになって腹を夜風にさらしながら、一年ぶりに会うウソを待っているのだ。

げろげーろ、げろっ。

除夜の鐘が聞こえなくなって、もうだいぶたっている。最後に聞いた鐘が百八つめだったのだろう。

境内のにぎわいはいつもどおり、いや、去年よりも静かだ。二年参りの参拝客を迎える露店も、今年は数が少ないのだろうか、本殿に射す外の光が暗いように感じる。なのに、本殿への人の出入りは絶えることがない。参拝客から受け取った願いごとの短冊と、社務所の奥の棚から取り出したかえるの置物を持った神職が、次々に入ってきて、床に短冊を敷き、その上に仰向けにした置物を載せていく。

さっきは、おれたちみんな、少しずつ場所をずらされた。並べる間隔を詰めないと全部置ききれないということなのだろう。

九年前、おれがここに来て三年目の大晦日もそうだった。あの年はつごう四度も場所をずらされ、詰めさせられた。最後は、これ以上距離を詰めると短冊と短冊が重なり合ってしまうほどだった。

あの年は大変なことが起きたのだ。

ウソが教えてくれた。

春先に激しい地震があって、この国の北のほうの沿岸部が大きな津波に襲われた。二万人を超える人たちが亡くなったり行方不明になったりして、もっと多くの人たちが住む家を失い、仕事を失った。さらに、とても危険なエネルギーを使っていた発電所が、地震と津波で壊されて、危険なエネルギーのもたらす毒素があたり一面に撒き散らかされた。その毒素に穢《けが》された土地には誰も住めなくなってしまい、毒素を取り除くには百年近い歳月がかかるのだという。

なかったことにしたい——。

気持ちはよくわかる。

実際に被災したり、つらい目に遭った人はもちろんのこと、大切な人を喪《うしな》ったり、身近な人が大変なことになってしまった人は、絶対にそう思うだろう。

かえるに言われたくないだろうし、鋳物に言われる筋合いもないだろうが、おれだって自分が同じ立場だったら、絶対にその年の大晦日には、かえる神社に行くと思う。いや、ちょっと宣伝しましたね。すみません。

だが、おれたちが背中に敷いた短冊の願いごとを読み終えたウソは、「うわ、今年けっこう重いわー」と困った顔になった。

地震や津波をなかったことにしたい、逃げ遅れてしまったのを消し去りたい、というだけではない。被災地は、何十年も前に同じような津波に襲われていた。その記憶を忘れていた日々をなかったことにしたい。防災訓練を本気でやってこなかった、防潮堤で津波を防げると思い込んでいた、この場所でだいじょうぶだろうと避難所を指定した……それらすべてをまとめて、ひっくりかえしてしまいたい。

しかし、それを言いだすと、後悔は何年、何十年にも及んでしまう。

「へたすれば、先祖がここに住みついたことそのものを消し去りたいわけじゃん。もっと言えば、そういう土地に集落ができてたことまで打ち消したいわけじゃん。でも、そんなの言われても困るよね、歴史を否定されてもどうしようもないじゃん」

確かにそうだった。

一年間のちょっとした失敗や、軽い後悔を、なかったことにするのは、いい。おれたちの仕事だ。任せてくれ。

でも、それが何年も前にまでさかのぼったり、自分たちのやってきたことすべてを否定しなくてはいけなくなると……。

かえるには荷が重いです、マジに。


げろげろげろ、げろっ。


九年前、つい弱音を吐いてしまったおれは、長老の中でも最年長だったじいさんに「甘いことを言うな」と諭された。「わしらは国の成り立ちそのものを打ち消す手伝いをさせられたのだぞ」

じいさんはその七十年近く前から、かえる神社にいた。まだ若かった頃に、この国が戦争に負けた年の大晦日を迎えた。

「あの年は、ほんとうに大変だった。ここの神社も四月に空襲に遭って、仲間たちの半分以上がくたばった。戦争が終わったときには百もいなかったな。それでいて、大晦日には、戦争が始まって以来の人数がお参りに来てくれたんだ」

お参りに来た善男善女の皆さんは、戦禍を生き延びた人びとでもあった。自分は生きた。けれど家族や身内や友人知己の多くを亡くした。家が焼けた。町は瓦礫《がれき》の山と化した。かつての正義が悪になった。正しかったはずのことがすべて間違いだとされた。正しいと思っていたことを信じて、そうでない意見を持つ人たちを責めて、けれど、まさに世の中がひっくりかえってしまった。

そんな人たちの無念や悔恨や自己嫌悪や憤りや反省や希望をすべて受け止めて、長老たちは仰向けになって大晦日の夜を過ごし、元日の朝、神職にひっくりかえしてもらったのだ。

「戦争に負けたことじたいを消し去りたい人間もいた。空襲はなかった、原爆は落ちなかった、玉音放送などなかった……まあ、気持ちはわかるし、わしらはとにかく、短冊の上でひっくりかえるしかないわけであって、そこから先は知ったことではないんだが……寝覚めはよくなかったな、正直に言って」

そう語っていたじいさんは、おととし、昭和初期からの長い生涯を閉じた。アルバイトで雇われた女子大生の巫女《みこ》が、掃除をしているときに棚から落として割ってしまったのだ。

おれたちは体の中ががらんどうなので、落とすとすぐに割れる。ウソにもそれをいつもばかにされる。

「その家の一年間の不幸や災いを受け止めるんだから、こっちもそれなりに丈夫じゃないと困るでしょ。ウチらなんか、新品の頃と一年後だと、重さが何グラムも違ってるんだからね。不幸や災いがしっかり染みてるわけ」

それは湿気《しけ》って木が重くなっただけではないかと思ったが、面倒なので黙っておいた。

「あんたらは？　中身がからっぽでも、少しは染みてないの？」

どうなのだろう。じいさんが割れたときには埃と黴《かび》の入り交じったにおいが一瞬だけたちのぼったが、すぐに紛れて消えた。八十年近い人びとの不幸や災いも、結局はその程度のにおいにしかならないのかと思うと、むなしいような、せつないような、なんとも言えない気分になってしまう。俗世の悩みごとなど所詮これしきのものだというのは、救いになるのか、ならないのか、おれにはよくわからない。

もしも不幸や災いが地下水のように染みて、おれたちのおなかの空洞に溜まっていくものなら、それは血と同じ色になるのだろうか。割れたときには、床に鮮血が広がって……ちょっとそれ、怖いんですけど。

おれが去年受け持った消し去りたい願いは、「あんな男と結婚してしまったこと」だった。なにがあったのだろう。軽い愚痴《ぐち》の乗りで書いただけならいいのだが、離婚の話し合いが難航していたのだろうか。無事に離婚できただろうか。まだ揉《も》めたままなのだろうか。ちょうど一年たったいまでも、気になってしかたない。

おととしは、奥さんに送るつもりのメッセージを会社のグループに投稿してしまった課長さんの失敗だった。こういうのがいい。本年の「なかったことにしたい」大賞、グランプリに輝いたのは、おっちょこちょいの課長さんでしたあ、と陽気に年を越したいものではないか。

一方、おととしの両隣は気の毒だった。右隣のかえるはお父さんの肺にガンが見つかったという短冊の上に寝かされ、左隣のかえるは台風で大きな被害を受けた農家の嘆きを託されていた。どちらも重い。重すぎる。ウソが読み上げたときには、左右から「ぎゃるるっ」「ぐえっ」と濁った悲鳴が聞こえた。申し込みの順番や棚に並ぶ順番がずれていたら、おれも危ないところだった。

今年はどうだろう。おれはいま、どんな不幸や災いを背中に敷いているのだろう。なるべく軽いやつがいい。笑える失敗なら、なおよし。

九年前に背に敷いた短冊には、まだ幼い子どもの字で「3月11日」とだけ書いてあった。地震と津波が襲った日付だ。この子自身が被災したのだろうか。家族や親しい人だろうか。直接つらい思いをしたわけではなくても、みんなのためにあの日を消し去ろうとしているのだろうか。

「優しい子だね」

ウソが言った。珍しく神妙な口ぶりだった。

「だよなあ……」

おれも同感。うなずきたいところだが、とにかく身動きできず、目も動かせないものだから、ウソが自分から視界に入ってくれないと会話にすらならないのだ。

「がんばってひっくりかえりなさいよ」

「ああ、わかってる」

がんばるもなにも、おれたちの体をつまんで姿勢を変えるのは神職の仕事なのだが、ひっくりかえされる瞬間には、願いが叶いますように、と祈ることにしている。

ウソと約束したとおり、その年のおれは、ふだんより心を込めてひっくりかえった。

だが、おれは、ほんとうは知っている。起きてしまった出来事は、それがどんなにつらいものであろうとも、消し去ることはできない。なかったことには、ならないのだ。

三月十一日は消えない。いくら心を込めてひっくりかえっても、現実はぴくりとも動かない。わかっていながら、ひっくりかえる。ひっくりかえりながら、あきらめている。あきらめていながら、ひっくりかえる。

おれは、かえる神社のかえるとして、ほんとうは失格なのかもしれない。


げろげろ、げーろげろ、げろっ。


大晦日のかえる神社は、二年参りの人たちで夜明けまでにぎわうのだが、今年はやはりおかしい。除夜の鐘が終わってしばらくたつと、外がずいぶん暗くなった。境内や参道に取り付けられた仮設の照明が消されたのだ。人びとの話し声や足音も、その頃から潮が引くように小さくなって、やがて消えた。

今年は二年参りをしないのだろうか。そんな年は、いままであったっけ。隣のかえるに訊いた。隣のかえるも知らなかったので、さらに隣のかえるに質問をつないでくれた。そんなふうに、どうなんですか、どうなんですか、と質問がリレーされ、ようやく長老の一人が答えてくれた。答えもまた隣から隣へと受け渡されて、おれのもとに帰ってきた。その長老は五十年以上も大晦日を迎えてきたが、二年参りが中止になったことは一度もなかったという。

どうしたのだろう。なにがあったのだろう。九年前は、春先に激しい地震があったことはおれたちも知っていた。かえる神社のある町もかなり揺れて、棚から落ちそうになった仲間もたくさんいたのだ。だが、今年のこの町は、おおごとになるほどの地震には見舞われなかったし、台風や豪雨の被害も受けなかった。救急車と消防車が何台も出動するような大きな事故や火災もなかったはずだ。なのに二年参りができなくなったとは、どういうことなのか。事故でも災害でもないものが町を襲ったのか。目に見えず、耳にも聞こえず、風景を一変させるわけでもないなにかが、大晦日のかえる神社から、善男善女のにぎわいを奪い去ってしまったというのか……？

境内の照明が消えたあたりで、本殿への人の出入りも一段落ついた。最後に床に置かれたかえるは、九年ぶりの出番だと言っていた。やはり今年は、あの年に匹敵するほどの数を受け付けたのだろう。それだけ「なかったことにしたい」出来事が多かったということなのだろう。でも、いったいなにがあったというのだ、ほんとうに、まったくもって。

最後に来たかえるは、神職が同僚と話している声を聞いていた。

「今年は予約制だったみたいだぞ。行列にならないように、特別におとといから受付を始めて、今日は朝から時間で区切って申し込んでもらったんだって」

「ひっくりかえる」神事の受付は、もともとは大晦日の一日だけだった。願いごとを書いた短冊を渡し、祈禱《きとう》料を支払って、引き換えに破魔矢やお札のセットをもらう。

社務所の前には例年数十メートルの行列ができて、除夜の鐘が鳴っても途切れることなく続いていたのだが、今年は受付の期間を延ばし、最も多くの人が来る大晦日は予約制にしたので、行列は長くても数人で収まった。神職たちは風物詩が見られずに寂しがりつつも、行列ができなかったことに安堵《あんど》もしていた、という。

「なんで行列がなくてほっとするんだ?」

「さあ……それはわからないんだけど、おれがちらっと見たときは、社務所の巫女さんや神職、みーんなマスクをしてたぞ」

するど、他のかえるも口々に「そういえばおれを連れてきた神職もマスクだったな」「あと、宮司さん、透明のお面をかぶって祝詞《のりと》をあげてなかったか?」「かぶってた、かぶってた」と言いだした。

おれも思いだした。おれを本殿に持って来た神職もマスク姿だった。床に消毒スプレーをかけてから願いごとの短冊を敷き、その上に仰向けにしたおれを載せて、仕上げに再び消毒スプレーを使った。今度は自分の指先や手のひら、手の甲までスプレーして、手を床につかないよう気をつけて立ち上がったのだ。ずいぶんきれい好きな奴だと思ったし、おれの体が汚れてるっていうのかよ、と腹も立ったのだが、もしかしたらやむにやまれぬ事情があったのかもしれない。

ほんとうに、いったいなにがあったのだろう。今年はどういう一年になってしまったのだろう。ああ、もう日付は変わったので、去年になるのか。

最後のかえるによると、かえるを棚から取り出すとき、神職は「やれやれ、やっとラストか」とつぶやいていたらしい。これでもう、朝になるまで本殿には誰も入ってこない。あとはウソが訪ねてくるのを待つだけだ。

訊きたいことはたくさんある。


げるるっ、げる、げろげろっ。


隣町の天神さまでも、年明け早々のうそ替えの神事は異例のやり方になっていた。

「信じられない、宅配よ、宅配。なに考えてんのって感じ」

姿を現したウソは、ぷんぷん怒りながらまくしたてる。

「うそ替えなんて、ちゃんと初天神の日にお参りして取り替えなきゃ意味ないじゃない。古いウソを送り返して、新しいウソを配達してもらって、って……レンタルのお掃除モップを取り替えるわけじゃないんだからね」

今回にかぎって、木彫りのウソの交換や新規購入を宅配でも受け付けることになった。参拝しての交換も、ウェブによる事前予約制にして、受付人数をうんと絞り込んだ。

「なんで？」

おれが訊くと、ウソは少し落ち着きを取り戻して、「人込みも行列もだめなのよ、いまは」と言った。

天神さまは学問の神さまなので、そうでなくても年末年始から一月、二月にかけての受験シーズンは参拝客が多い。特にうそ替えのある一月二十五日は、最寄りの駅前から大混雑して、歩道を進むのにも難儀するのが常だった。

だが、今度の一月二十五日はそういうわけにはいかない。自治体からも、警察からも、そして医療関係者からも、人込みをつくらないよう強く要請されている。うそ替えの宅配を認めたのも、苦渋の選択だったのだ。

「だから、それ、なんで？」

さっぱり話が見えない。

ウソは、やれやれ、そこからなのね、と心底あきれた様子で、言った。

「ほんと、あんたらって、井の中にいて大海を知らないよねぇ。情けないなあ」

「……悪かったな、いいから教えろよ」

「世界は変わったの」

「は？」

「もう去年になっちゃうけど、年が明けた頃から、大変なことが起きたの」

「へ？」

「間抜けな相槌《あいづち》打たずに、黙って聞いてくれる？」

言われたとおり黙って聞いた。

言われなくても、相槌など打つ余裕もなく、ただ息を呑むしかない話だった。


……げろ。


去年はひどい一年だった。ウソの話を聞いて、つくづく思い知らされた。

おれたちが社務所の奥の棚で惰眠をむさぼっている間に、世界中に未知のウイルスによる感染症が広がった。この国も例外ではない。感染者は世界中で八千万人以上、この国でも二十三万人を超えた。死者は世界中で百八十万人以上、この国でも三千五百人をもうじき超えてしまうだろう。

ウイルスは唾液などの飛沫で感染する。だからみんなマスクをつけて、人込みや行列をつくらないようにしているのだ。

「ウチのうそ替え、宅配でもオッケーにしたこともあって、全国から新規の注文が来てるの。やっぱり、この一年にあったいろんな嫌なことを、ぜーんぶ嘘にしてしまいたいんだろうね、みんな」

ウソはそう言って天井の梁《はり》の近くまで舞い上がり、本殿を見渡してから、戻ってきた。

「そっちも今年は多いね。商売繁盛でいいんじゃない？」

「……よくないだろ、そんなの。それより九年前とどっちが多かった？」

「あの年には、さすがに負けてるんじゃないかな」

ウソはいったん答えたものの、「でも」と続けた。「去年はこれだけの数だったけど、今年とか来年まで含めて合計したら、こっちのほうが多くなるかもしれないね」

「……そうか？」

「うん。だって、津波の年は、あの年が最低で最悪で、そこから毎年少しずつでも復興して、前に進んでいったじゃない。短冊の数もうそ替えの数も、毎年減っていったでしょ」

確かにそうだった。この国の善男善女は喉元を過ぎるとすぐに熱さを忘れちゃうんだよなあ、とあきれながらも、人びとのたくましさに少しほっとしたのを思いだした。

「でも、今度のウイルスは、先が全然見えないもんねえ。ワクチンもみんなに行き渡るまでまだまだ時間がかかりそうだし、なんか、いろんなこと、これからどんどん悪くなっていっちゃうのかなあ、って……」

ウソは沈んでいった声を持ち上げて、明るく言った。

「ま、そうならないためにウチらがいるわけだけどね」

「そうだよ、こういうときこそおれたちの出番なんだよ、うん」

おれも無理に元気にふるまった。仰向けになって身動きがとれないまま言っても説得力はないが。

「じゃあ、ちょっと回ってくるね」

ウソはおれの視界からはずれ、かえるたちが背に敷いた短冊の文字を順に読んでいった。

なるほど。自分のうそ替えの予習をしながら、かえるにも願いごとの内容を伝える。

去年はウイルスのせいで、みんなが楽しみにしていたお祭りやイベントが、ほとんどできなかったらしい。大学生は学校で授業を受けることもできなかった。仕事をなくしてしまった人がたくさんいるし、お気に入りのレストランや酒場がつぶれてしまったのを嘆く声もあった。みんなの人気者だったコメディアンがウイルスで亡くなった。惜しまれながら解散を発表したアイドルのお別れイベントがすべて中止になってしまった。ウイルスと直接の関係はなくても、暗い世相が影響したのか、自ら命を絶つ芸能人が何人もいた。

ぜんぶ「なかったことにしたい」——わかるよ。

愚かで傲慢《ごうまん》な政治家たちは、卑怯《ひきょう》な言い逃ればかりしていた。国と国、人種と人種、民族と民族、宗教と宗教が世界中のあちこちでぶつかり合い、憎しみ合って、殺し合った。この国でも、憎悪が無数に飛び交い、正義をふりかざす言葉のナイフに切り刻まれて、死に追いつめられてしまった人もいた。

ぜんぶ「なかったことにしたい」――でも、それは毎年のことでもあるんだけど。世界で一番ケンカの強い国の大統領が、選挙で負けたのに「この選挙は不正だから結果を認めない」と言い張っているらしい。笑えた。おいおい、だいじょうぶか。その国となにかと張り合っている、もう一つのケンカの強い国では、めちゃくちゃな独裁がおこなわれ、反対する人びとへの弾圧を平然と続けている。これは笑えない。だいじょうぶか、マジに。

ぜんぶ「なかったことにしたい」――歴史をさかのぼれば、われらが祖国が戦争に負けたのがそもそもの元凶で、やはり無条件降伏などするべきではなかったのだ、本土決戦に挑むべきだったのだ、挑んでいれば神風が吹いて形勢は一気に逆転して……と毛筆で書き綴《つづ》った短冊もあったらしい。それを背に敷いてしまった不運なかえるに、心から同情した。

ウソがまた視界に戻ってきた。

「予想どおりだった。ひどいね、ほんとに、去年は」

がんばってひっくりかえさなくてはいけない。ウソも、起きてしまった事実をかたっぱしから嘘に替えていかなくてはいけない。「あーあ、早くもぐったりだよ」とぼやくウソに、おれは一番知りたいことを訊いた。

「……おれの短冊には、なんて書いてあるの?」

「すごくシンプル」

「どんなふうに?」

「数字だけ」

２０２０――。

つまり去年一年を、まるごとまとめて「なかったことにしたい」という願いだった。

九年前には三月十一日の一日だけだった。それでさえ無理だとわかっていたのに、今度は一年すべて。いやそれ無理でしょ、ありえないでしょ、勘弁してもらっていいですか。

「子どもの字だよ」

「またかよ」

「九年前より、もっと小さな子どもだよ。やっと字を覚えたばかりっていう感じ」

「親が書かせるのって、ずるいだろ」

「いいじゃない。小さな子どものいるウチは大変だったみたいよ。子どもはマスクしたがらないし、くっつかないと育児もできないし、保育園に預けられなかったり、親は親で会社に行けずにウチで仕事しなくちゃいけなかったりして、いろいろ皆さん苦労してきたんだから」

はい、期待に応《こた》えてがんばりましょーっ、と笑う。

おれは笑い返せない。精霊と違って鋳物のおれは、そもそも表情を変えたくても無理なのだが、それを抜きにしても、ウソと同じようには思えなかった。

だってそうだろう。ウソだって、ほんとうは、「なかったことにしたい」望みは決して叶えられないことぐらい知っているはずなのに。起きてしまったことは消し去れないし、嘘にも替えられない。できないことを託されるのは、つらいよ、やっぱり……。

そんなおれの弱音を見抜いたみたいに、ウソは笑った。「だいじょうぶ」と、いつになく優しい声で語りかけた。

「人間だって、ちゃんと知ってる。みんなわかってる。なかったことにはできない。あたりまえだよね」

「……うん」

「でも、一年に一度だけ、できないことをお願いしたい気持ち、わたしは悪くないと思うけどな。むしろ、好きかも」

「……そう？」

「うん。願いごとをするのって、生きものの中で人間だけだよね、きっと」

「……言われてみれば」

「で、叶えられないことを知ってて、それでも願いごとをするのって、なかなか複雑で面白いと思わない？」

ちょっと思った。半分は「人間って、ばかなんじゃね？」と言いたかったが、残り半分は「なんか、わかるかも、そういうの」という、確かに悪くない気分だった。

「まあ、結果はどうあれ、がんばってひっくりかえってあげなよ、ね？」

上から言うなよなあ、とは思う。物理的に上から話しているのは事実なのだが、やはりむっとする。それでも、今夜の、つまり今年のウソは、いままでよりちょっと優しい。おまえ、意外といい奴だな。気を緩めると痛い目に遭いそうな気はしないでもないが——もともと餌なんだし。

ウソは本殿の外に目をやった。空が少し白んできた。そろそろお別れだ。

「しっかり、ひっくりかえってよ」

「おう、任せろ」

「こんな年なんだから、何十年に一度っていう、最高のひっくりかえり方を見せて」

「がんばるよ」

「たとえなにも変わらなくても、あんたががんばってひっくりかえってくれたら、みんな喜んでくれると思う」

「うん……わかってる」

じゃあ、とウソは何度か軽く羽ばたいて、「謹賀新年」と言って、ばさばさっと翼に力を込めて飛び立った。

おれは仰向けに寝ころんだまま、「今年もよろしく」と声をかけて、ウソを見送る。

「ご指導ご鞭撻《べんたつ》してあげるねー」

最後の最後まで憎まれ口をたたいて、ウソは姿を消した。


げろげろ、げろ、げーろ、げろっ。


朝日が昇る。

ここのところ天気のすぐれない元日が続いていたが、今年は数年ぶりに晴れた。キンと冷え込んだぶん空気が澄んで、みごとな初日の出を迎えることができた。

陽光は本殿にも射している。夜明けのこの時間だけ、本殿の板の間は、生まれたての朝の陽射しに照らされて金色に輝き、仰向けに寝ころんだおれたちも、つかのま、黄金のかえるになる。

おれたちは、もうなにも話さない。じっと黙って、年に一度のお勤めをつつがなく果たすために心の平安を保っている。

すでに本殿には氏子総代が畏《かしこ》まって、神事の始まりを待っている。本殿の外にも、地元の人たちがいる。人込みにならないよう間隔を空けてください、と若い神職が繰り返し頼んでいる。

初日の出から半時間ほどたつと、雅楽隊の演奏が始まる。正月といえばこれ、の『越天楽《えてんらく》』である。

その雅《みやび》やかな調べとともに、新年最初に井戸から汲んだ若水で身を浄《きよ》めた宮司と二人の神職が、しずしずと入ってくる。

もっとも、おれたちは顔を動かせないので、それを実際に見ることはできない。社務所の棚にいるときに外の話し声に聞き耳を立てながら、ああ、こんなふうに始まるのか、と想像するだけなのだが、地元でしか知られていないのが惜しくてしかたないほどの、ほんとうに優雅で厳かな光景なのだ。

宮司の祝詞が始まる。

それぞれに巫女二人を伴った神職三人が、手分けして、おれたちを順番にひっくりかえしていく。

新しい年の始まりに、終わった年のつらかった出来事を一つずつひっくりかえす。起きてしまったことを、なかったことに替えていく。そんなことはできない。ほんとうはなにもできない。わかっていても、おれたちはひっくりかえる。

なぜだろう。なぜおれたちは律儀に、愚直に、ひっくりかえるのだろう。なぜ善男善女はおれたちのようなかえるに、できるはずのないことだとわかっていながら、願いを託すのだろう。祈るとはなんだろう。願うとはなんだろう。人間はなぜ、祈ることや願うことや信じることを覚えたのだろう。

わからない。でも、わからないまま、おれたちはひっくりかえる。心を込めて、一所懸命にひっくりかえる。

今度ぜひ見に来てほしい。短冊に願いごとを書いてほしい。大晦日に社務所の前に行列をつくってくれたら、元日の夜明けに本殿の前に人込みをつくってくれたら――それが許される日が来るのなら、おれは張り切って、二回ひっくりかえってもいいぞ。

いよいよ順番が来た。

神職がおれのそばにしゃがみ込む。

二〇二〇年。まるごと消すか。消えないよ。ぜんぶなかったことにするか。できないよ。それでも、消したいよな。なかったことにしたいよな。

心を込める。

神職が右手の親指と人差し指でおれの腹を左右からつまんで、短冊から持ち上げる。心を込める。

神職がおれの体をくるっと回す、と同時に左手で短冊を素早く裏返す。

裏返された短冊の上に、元の這いつくばった姿勢になったおれが載る、と思う間もなく、神職の手はさらに素早く、おれをもう一度仰向けにする。

ここだ。おれは万感の思いを込めて、ひっくりかえる。

消えろ消えろ消えろ、二〇二〇年。なくなれなくなれなくなれ、二〇二〇年。

神職はおれが背に敷いた短冊を抜き取り、巫女の捧げ持つお盆に載せる。そして再び仰向けになったおれをつまんで、もう一人の巫女のお盆に載せる。

おれの出番は終わった。

今年のおれの仕事は、これにて終了。あとは棚に戻って、うつらうつらと惰眠をむさぼるだけだ。二〇二一年の世の中でなにが起きているかも知らず、大晦日に備えて、今年はおれたちの出番が少なければいいなあ、たまにはさぼりたいし……なんてことも思いながら眠ろう。ウソの夢でも見ると、ちょっとうれしいかも。


あけましておめでとう。

花一輪

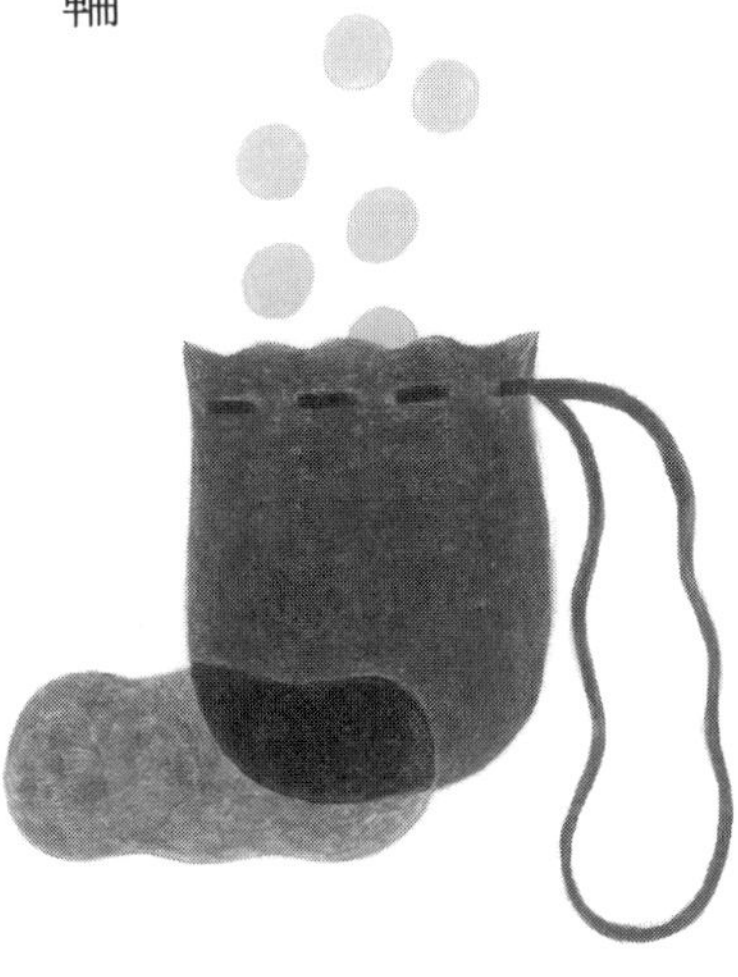

*

桃太郎《ももたろう》の逗留《とうりゅう》は三日目に入った。

昼間は、イヌとサルとキジを連れて海へ出かけ、砂浜に転がる枯れ木に座って、沖に浮かぶ小さな島を見つめる。

地元の人たちが岩窟島《がんくつじま》と呼ぶその島は、名前どおりゴツゴツした大きな岩だらけの無人島だった。

周囲は切り立った崖になっていて、海底の起伏も複雑に入り組んでいるので、上陸どころか舟を着けるのも、きわめて難しい。よほど潮が良く、波も穏やかで、なおかつ帆や櫓《ろ》を巧みに操る腕前がないと、舟はたちまち難破してしまう。

桃太郎の一行は、そんな岩窟島に渡る、というのだ。

鬼退治のために――。

世に知られたお伽噺《とぎばなし》では、桃太郎は鬼ヶ島《おにがしま》で鬼を退治して財宝を持ち帰り、めでたしめでたし、となっている。

しかし、じつはそうではなかった。鬼が棲《す》んでいる場所は、お伽噺に登場した鬼ヶ島だけではない。鬼の棲み家は、まだいくつも残っている。

お伽噺の鬼退治は、緒戦にすぎなかった。桃太郎の一行は、その後も、鬼の棲み家を見つけだしては退治する旅を続けていたのである。何年も、何年も、何十年も、何百年にもわたって。

＊

「……という噂《うわさ》は、手前どもも聞いておりましたが」

宿の主人は、桃太郎の投宿に恐縮しつつも感激して、宿帳に記された「桃」一文字の署名をためつすがめつ眺めながら、感に堪えないように言った。

「まさか、ほんとうに桃太郎さまが旅を続けておられたとは」

「よく言われます」

桃太郎は苦笑して、「鬼退治の英雄の名を騙《かた》ったニセモノだと思われることも多いのですが、いかがですか、ご主人」と、いたずらっぽく付け加えた。

「めっそうもありません、決してそんな」

主人はあわててかぶりを振る。

お伽噺でお馴染《なじ》みの金襴緞子《きんらんどんす》の晴れ衣装ではなかったが、いまは凱旋《がいせん》ではなく、鬼どもを狩る旅なのだ。質実剛健の旅姿はいかにも頼もしく、ちょっとした立ち居振る舞いも気品と迫力とが兼ね備わっている。

桃太郎に連れられたイヌとサルとキジも、体のあちこちに傷痕を残しながら、人間相手に物怖《ものお》じするわけでもなく、庭で体を休めている。歴戦のつわものならではの肝の据わり具合だった。

やはり彼らは正真正銘、桃太郎の一行に違いない。

それに、なにより――主人はそっと、ほくそ笑む。

たとえ百歩譲ってニセモノだったとしても、この桃太郎が上客であれば、こちらにはなんの不都合もない。

宿代は前金で受け取ったばかりだ。それも「長逗留になるかもしれないので」と、何日分も。

桃太郎は「岩窟島の見える部屋を」と注文した。条件を満たす部屋はいくつかあったが、主人は最上級の部屋に案内して、値切られるのを見越したうえで、正規のものより色をつけた宿代を告げた。すると、桃太郎は他の部屋と比べることもなく、「ここでけっこうです」と旅装を解き、宿代も主人の言い値のまま支払ったのだ。

さらに「身の回りの世話をしてくださる方へ」と、相場以上の心付けも主人に預けた。おかげで宿の仲居たちは皆、われこそが部屋係を、と色めき立っている。

むろん、桃太郎がホンモノであれば、なによりの僥倖《ぎょうこう》になる。

人々の噂によると、桃太郎はその地の鬼どもを退治すると、奴らの財宝を村人に惜しげもなく渡して立ち去るのだという。

ならば、海や空の顔色を窺《うかが》いどおしの、この小さな貧しい村にも、当然……。

桃太郎はお茶を啜《すす》って、しみじみと言った。

「ずいぶん長い旅になってしまいました。最初の鬼ヶ島の討伐を終えてから、もう何度目の春になるのでしょう」

その日は立春だった。暦の上では春の始まりである。

前日は節分——。

「じゃあ、やっぱり桃太郎さまも豆を撒かれたのですか？　鬼はー外っ、福はー内っ……と」

主人が訊《き》くと、桃太郎はまた苦笑して、「豆をぶつけて出て行ってくれるなら、誰も苦労はしませんよ」と言った。「そんなに簡単なものではないのです、鬼を追い払うというのは」

「す、すみませんっ、失礼なことを申し上げてしまいましたっ」

平伏しかけた主人を、まあまあ、と制した桃太郎は、窓から海を眺めわたした。

「ようやく見つけました」

「……なにを、ですか？」

「鬼の棲み家です」

岩窟島を指差した。

「この村に来るまでは確信が持てなかったのですが、ご主人に素晴らしい部屋をあてがっていただいたおかげで、わかりました。だいじょうぶです。間違いなく、あの島には鬼がいます」

「岩窟島ですか？」

主人は怪訝《けげん》そうに——疑わしげに、訊き返した。

「ウチは先祖代々この村で宿を営んでいまして、古文書のたぐいもそれなりに目を通していますがね、あの島には、昔からネズミ一匹棲んじゃあいませんよ。せいぜい海鳥が嵐を逃れて夜を明かすぐらいのものなんですから」

だが、桃太郎は「だからこそ、鬼が棲むのです」と冷静な口調で言った。「鬼は、人の目には見えないのです」

「いや、だって、鬼はツノがあって、赤い顔をして……」

「あれは、あくまでも人間が想像した鬼の姿です」

「あんな格好じゃないんですか？」

「鬼には人間の目に見えるような姿や形はありません」

「小さすぎて見えないんですか？」

「いいえ、そうではなくて」

桃太郎は着物の袂《たもと》から小さな竹笛を取り出して、口にあてた。息を笛に吹き込んだように見えたが、音は聞こえない。

主人が首をかしげていると、外にいたイヌが返事をするように吠《ほ》えた。

桃太郎がまた笛を吹く。今度も主人にはなにも聞こえなかったが、イヌが吠えて応《こた》えた。三度目、四度目……同じことを五度繰り返して、桃太郎は種明かしをした。

この笛の音は人間には聞こえないが、イヌには聞こえるのだ。

「私たちはすべての高さの音が聞こえるわけではないんです。人間の耳が聞き取れるのは、ここからここまで」

手振りで低い音から高い音までの幅を示し、「でもイヌはこのあたりまで聞こえる」と、さらに手を高く上げる。いま吹いた笛の音は、まさにその高さだったのだ。

「味だって同じです」

桃太郎はそう言って、腰に結わえた巾着袋からお菓子の包みを取り出した。中には黄色いだんごがいくつも並んでいる。

「これは、もしや……」

主人は、ごくん、と喉を鳴らして訊いた。

「きびだんごです」

期待していたとおりの答えに、喉だけでなく、腹まで鳴ってしまった。

「これが……天下の美味と噂の……」

「さあ、どうでしょうか」

桃太郎は苦笑して「お一つどうぞ」と主人に差し出した。

「よろしいんですか?」

「ええ、これからしばらくお世話になるのですから、お近づきのしるしに」

「ありがとうございます、じゃあ、お言葉に甘えて、遠慮なく」

主人は包みに手を伸ばし、碁石ほどの大きさのだんごを口に入れた。すると、顔に困惑が浮かぶ。なにかを探るように一度、二度と嚙《か》んでいったが、困惑は消えない。むしろ深まる一方のようにも見える。嚥《の》み込んだあと、思わずといった様子で首が傾いた。

「いかがでしたか、ご主人」

「あ、ええ、はい……なんとも上品な……」

「味なんてしなかったでしょう？」

図星だった。主人は「申し訳ございません、どうも、手前どもには高級すぎたようでして」と詫《わ》びたが、桃太郎は鷹揚《おうよう》に笑って言った。

「私が食べても味はしません。誰が食べても同じです。きびだんごの味は、人間の舌が感じ取れる範囲からはずれているので、私たちが食べても美味《うま》くもなんともないのです」

一方、庭ではイヌがおねだりをするように鳴きはじめた。身の軽いサルはいつの間にか松の木に登って、部屋の中を覗《のぞ》き込んでいる。さらにキジが飛んできて、サルよりもさらに窓に近い梢《こずえ》に止まった。

「においもそうです。私たち人間には、きびだんごのにおいはほとんど感じ取れませんが、彼らにはたまらない芳《かぐわ》しさのようです」

桃太郎は窓辺に立ち、きびだんごをキジに放り、サルに放って、イヌが待つ庭にも落としてやった。

「つまり――」

主人に向き直って続けた。

「人間の五感は、すべてを感じ取れるわけではないということです」

「はあ……」

「そして鬼は、あらゆる面で、人間の五感からはずれた存在なのです」

姿が見えない。声も聞き取れない。においも嗅げない。触ることすら——。

「ぶつかってもわからないんですか？」

いくらなんでもそれはないでしょう、という口調で主人は訊いた。

桃太郎はすまし顔で「ぶつかればわかりますよ」と認めた。

「でしょう？」

主人は得意そうに胸を張ったが、桃太郎は表情を変えずに言った。

「でも、わかった瞬間、殺されてますから、あまり意味はないんじゃないでしょうか」

言葉を失ってしまった主人は、肩を力なく落とし、胸をしぼませるしかなかった。

「とにかく、あなたがたにお馴染みの鬼は、きっとこんな姿形をしているのだろうと想像したものにすぎないわけです」

ツノも、赤ら顔も、縮れ毛も、ぎょろりと剝《む》いた目や鋭い牙も、虎の皮の腰巻きも、手に持った金棒も、すべて。

「申し訳ありませんが、あまりにも単純すぎる。こんなにわかりやすい格好をしてうろついていたら、遠くからでもすぐに見つけられるし、逃げるのだって簡単でしょう」

確かにそれはそうだった。

「鬼の姿は、皆さんには見えないのです。だからこそ厄介なのです」

「……はい」

「しかし、私には見える」

きっぱりと言って、続ける。「きびだんごの味やにおいはわからなくとも、鬼の姿を見て、鬼の声を聞くことだけはできるのです」

凜《りん》とした口調に主人は恐れ入って「ははーっ」と平伏した。

桃太郎はあらためて、まなざしを岩窟島へ向けた。

「私には、あの島に棲む鬼の姿がはっきりと見えます」

「……ははーっ」

額を畳に擦《こす》りつけんばかりの主人をよそに、桃太郎は「うん？」と声を漏らし、帯に挟んでいた扇子を抜き取って半分開いた。それを庇《ひさし》のように目の上に掲げ、岩窟島をさらに凝視して続ける。

「どうやら、あの島は、鬼どもにとって大切な場所のようです」

「……と、おっしゃいますと」

桃太郎は「なるほど、ここだったのか」とひとりごちてから、やっと主人に答えた。

「財宝が隠してあります」

「岩窟島にですか?」

「ええ。それも、ずいぶん多くの」

このあたりの海には無人島が多い。鬼どもがひそんでいる島は、岩窟島以外にもいくつもあるはずだ。海の鬼は、嵐や竜巻や雷に姿を変えて、海域を行き交う商人の船を襲い、財宝を奪う。その財宝がまとめて集められているのが、岩窟島——。

「私には、わかる。見えるのです」

桃太郎は念を押して言う。

主人はまた「ははーっ」と平伏する。

だが、主人が上体を倒したのには、もう一つの理由があった。

主人は顔を隠して、にやりと笑ったのだ。

＊

桃太郎の逗留は五日目になった。

一行の毎日の行動は、判で捺《お》したように変わらない。

朝のうちは、それぞれ自由に過ごす。

桃太郎は村を散策して、村人と気さくに言葉を交わす。腰に提げたきびだんごを出会う人すべてに気前よく振る舞っては、味のしないだんごに目をぱちくりさせる村人を見て、いたずらっぽく笑うのだ。

イヌは港へ向かい、夜中の漁から戻ってきた漁師に獲物のお裾分けをしてもらう。一方、サルとキジの行動範囲は広い。サルは里山に入ったきりで、キジは隣の村との境の森を越えて、いずこともなく飛んでいく。

陽が天辺《てっぺん》に近づいた頃、村をひと巡りした桃太郎は海へ向かう。白砂青松の浜の枯れ木に腰かけていると、イヌとサルとキジも集まってくる。時刻や場所の約束を取り交わしているわけではないのに、二匹と一羽は、ほとんど間を置くことなく、それぞれの午前の日課を終えて桃太郎のもとに戻ってくるのだ。

一行は横に並び、沖に浮かぶ岩窟島を見つめて、静かな午後を過ごす。ときどきイヌがクゥンと鳴き、サルがキキッと鳴き、キジがケンケンッと鳴く以外は、聞こえるのは寄せては返す波の音だけだった。

すでに立春は過ぎていても、海を吹き渡る風は冷たい。風花が舞う日もあるし、巻き上げられた砂が横殴りに吹きつけてきて、目を開けてすらいられない日も多い。波も高く、沖のほうでは無数の白波が、まるで龍の鱗《うろこ》のように立っている。このあたりの海は、立春から彼岸の頃まで、真冬よりも荒れるのだ。

それでも、桃太郎が枯れ木に座っている間、砂浜にはずっと、うららかな陽が降りそそいでいる。風もぴたりとやむ。荒れた海も、海岸のすぐ手前で波が穏やかになる。

この日も、そうだった。


陽が暮れかかった頃、宿からの迎えが来て、食事の支度がととのったと伝えた。

ユキという村娘である。

宿の主人が、桃太郎に付けて、身の回りの世話をさせている。

ユキは漁師だった父を幼い頃に嵐で亡くし、母もほどなく病で世を去った。みなしごになったあとは、村人たちが親代わりになって、十六歳のいまでは、器量も気立ても村一番の娘になった。「苦労してきたぶん気働きのできる娘です」と主人が言っていたとおり、朝夕の膳の世話から部屋の掃除、洗濯に至るまで、痒《かゆ》いところに手の届くような細やかさを見せつつも決して出過ぎることはなく、桃太郎一行の逗留を支えてくれている。

「ああユキさん、どうもありがとう」

桃太郎は礼を言って、「では、ひきあげるとしましょう」と立ち上がり、二匹と一羽の供にも、さあ行くぞ、と目でうながした。

歩きだすと、背にした岸辺に、急に高い波が打ち寄せた。沈みかけた陽にも雲がかかった。風が吹く。砂が巻き上げられる。空は見る間に暗くなってしまった。

ユキは後ろを振り向いて、「うわあっ、今日も！」と声をあげた。「桃太郎さまは、いったいどんな力をお持ちなのですか？」

「なにもありませんよ」

苦笑交じりに返しても、ユキは「だって、空や海まで桃太郎さまには恐れ入っているではありませんか」と譲らない。

「情けをかけてくれているだけです」

「……情け？」

「はい。空も海も、天も地も、私よりはるかに強く大きな存在で、私はただの使いにすぎません」

「なにをおっしゃってるんですか。いくら田舎娘でも、もうわかりますよ。ほんとうは桃太郎さまが、空の天気や海の波、天の月の満ち欠けから大地の実りまで、すべてを差配なさっているんですよね？」

やれやれ、と桃太郎は話を受け流すことにした。この働き者の娘の唯一の欠点は、桃太郎をあまりに英雄視しすぎるところだった。

実際、桃太郎は謙遜《けんそん》や韜晦《とうかい》で「情け」という言葉をつかったわけではない。

空も海も、天も地も、桃太郎に課せられた任務の重さと苦さは、よくわかっている。お勤めとはいえ、つらい任務である。せめてそれをつつがなく終えるために、自分のできることはすべてしてやろう、と思ってくれている。雨が欲しければ雨を降らせ、陸地を広げてほしければ潮を引き、月明かりが必要な夜には雲を消し去り、華やぎを求めるなら季節はずれの花を咲かせさえもする。

そこまでしてやるに価《あたい》するつらさなのだ――鬼退治は。

宿屋の門が見えてきた頃、ユキは言った。

「桃太郎さま、明日の朝はまた散歩に行かれますか？」

「ええ、そのつもりですが」

「もしよろしければ、明日のお散歩は、わたくしに案内させていただけませんか」

「ユキさんに？」

「ええ。僭越《せんえつ》ですが、桃太郎さまにぜひお見せしたいものがあるのです。村の自慢です。時季のもので、遅くなると台無しになってしまうので、少しでも早くお見せしたくて」

「はあ……」

「じゃあ、約束です。指切りしていただいてもよろしいですか？」

「ええ、それは、もちろん……」

戸惑いながら指切りに応えた。小指と小指がからんだ瞬間、ユキの顔は耳たぶまで真っ赤に染まった。

桃太郎もどぎまぎして指を離した。

「すみませんっ、すぐにお膳を部屋にお持ちいたしますっ」

逃げるように駆けだすユキの背中を、桃太郎は半ば夢見心地で見送った。

そのとき、イヌが足元の地面を掘った。サルはその場で何度も飛び跳ね、キジも地上にとどまったまま翼をはばたかせた。

桃太郎は舌打ちをして、低い声で言った。

「わかってる、少し黙ってろ」


夕食はいつも、桃太郎一人でとる。

村の長《おさ》や網元や庄屋、さらには近隣の顔役が「ぜひ一献」と申し出ても、「不調法ですので」と決して誘いには乗らない。

しかし、宿の主人に「お茶をお持ちしました」「食後の甘味はいかがでしょう」などと入ってこられると、さすがにそれを門前払いにはできない。

この日の夕食も、「上等の茶が手に入りましたので」と鉄瓶を提げて部屋を訪れた主人に接伴されることになった。

さらに主人は、茶を注ぐ口実でにじり寄ってきて、「いかがでしょうか」と声をひそめて訊いてきた。「もう五日目ですが、まだ鬼退治の機は熟しておりませんでしょうか」

桃太郎は「まだですね」と、そっけないほどすばやく返した。「鬼の数がまだ少ない」

「いや、でも、岩窟島にいることはいるんでしょう？　じゃあ――」

「ゆうべも言いましたよね。中途半端に征伐をすると、残りの鬼は島に近づかずに逃げてしまいます。残党ができるわけです。その残党はほんとうに厄介になります。人間に強い恨みを持ち、慎重に動くようにもなって、全滅させるのは大変なことです」

だから一網打尽にするしかない。

できれば岩窟島を根城にしている鬼どものすべてが島にいるとき、それが叶わなくとも、一匹でも多くの鬼がいるときを狙いすまして襲わなくてはならない。その好機を探るべく、五日間、毎日毎日、岩窟島の様子を見ていた。

「今日は十四の鬼がいました」

「はあ……」

そう言われても、主人には確かめるすべがない。見えないものを数えることはできないのだ。

「昨日が八匹でしたから、確実に増えています。明日は十二、三……いや、この天気なら、十五、六匹は島に来るでしょう」

「そういうものなのですか?」

「ええ、そういうものなのです」

きっぱりと断言されると、主人にはもうなにも言えない。自分には見えないものが桃太郎には見えている。桃太郎には見えているものが自分には見えない。これでは最初から勝負にならない。

主人は気を取り直して、「じゃあ、明日ですか?」と訊いた。「明日、いよいよ鬼退治に……」

岩窟島へ向かう舟は、宿の主人を仲立ちにして、村の漁を取り仕切る網元に用意してもらっている。村で一番速く漕げる舟を、いつでも使えるよう、毎日の漁からは御役御免にして、ずっと桟橋で出番を待たせているのだ。

網元にとっては、日銭を稼ぐ漁に使えないので痛手になる。桃太郎からは前金で舟の借り賃は受け取っているが、冬の終わりから春先にかけては、海が荒れるぶん、いい魚が獲れる。年に一度の書き入れ時なのだ。その稼ぎを、借り賃だけで埋め合わせるのは難しい。それでも、岩窟島の財宝が手に入るなら——すべては丸く収まり、あらゆる損失を補って余りある大儲けができるはずなのだ。

だが、桃太郎はにべもなく「あさっては、もっと数が増えるかもしれません」と言った。「明日あわてて征伐に出ると、かえって大魚を逃してしまうでしょう」

「なんでそれがおわかりになるんですか？」

さすがに主人も食い下がったが、桃太郎は眉一つ動かさずに言った。

「私は数えきれないほどの鬼を退治してきたのです」

「じゃあ、いつになったら鬼が岩窟島に全員揃うんですか？　それがわかれば、話は簡単じゃありませんか」

「おっしゃるとおりです、そこは私も忸怩《じくじ》たるところなのです、申し訳ありません。私には次の日のことしかわからないのです。今日海岸から岩窟島を見て、明日はもっと増えそうだとわかる、でもあさってから先のことはわからない……」

ため息をついて、「でも、しょうがないんです」と言う。「見えるものは見える、見えないものは見えない」

主人もそう言われてしまうと、「ですよねえ、だったら、やっぱり、しょうがないですよねえ……」と引き下がるしかなかった。

そんな二人のやり取りを、ご飯のお代わりに備えて部屋の隅に控えていたユキは、黙って聞いていたのだった。

＊

翌朝、ユキが桃太郎を案内したのは、村はずれの丘だった。

なだらかな斜面が、まるで鉈《なた》で断ち切られたように不意に断崖絶壁となって、海の波が打ち寄せる。

その丘に、見わたすかぎり、何百輪ものスイセンの花が咲き誇っているのだ。

「花の見頃は立春の前ですから、ほんの少し盛りを過ぎていて……」

ユキは悔しそうに言うのだが、白と黄色の花と緑の茎の色合いがなんとも鮮やかで、桃太郎の目には十二分に美しい。

村人たちが丹精しているのだという。近隣の町や村でも評判で、わざわざ訪ねてくる人も多い。

もっとも、花を愛《め》でて一日を愉《たの》しむには、まだ寒すぎる。海からの風も強い。丘を訪ねた人たちも、美しい花を一目見ればそれで満足して、早々にひきあげてしまう。

「ですから、宿のご主人も、なかなか儲けにならないとぼやいているんです」

土に肥やしをやり、雑草を抜いて、という手間暇を考えると、とても引き合わない話である。それでも村人たちは、忙しい仕事の合間を縫っては丘に通い、誰に命じられたわけではなくとも、丹精を続ける。

「一年のうち、ほんの短い間でも、きれいな花で丘が埋め尽くされると、それだけでうれしくなるんです、みんな」

ユキは村の人びとを誇るように言う。みなしごの自分を育ててくれたことへの恩義も、その誇らしさには加わっているのだろう。

わかります、と桃太郎は微笑《ほほえ》んだ。

「この村のみんなは、ほんとうに優しいんです。だって、優しくなかったら、こんなにきれいな花は咲かせられませんよね」

「ええ……そうですね」

「だから、桃太郎さまが来てくださったのは、いままでみんなが優しかったことへの、ごほうびだと思うんです。桃太郎さまが鬼を退治して、財宝を持ち帰ってくださると、みんなお金持ちになって、幸せになれますよね」

桃太郎は微笑んだまま、無言でうなずいた。

もっとよく花を見ようとして前に歩きだすと「気をつけてくださいね」と言われた。

「途中で急な斜面になっているところがありますから、けつまずいて転ぶと、そのまま海に落ちてしまいますよ」

「ええ……だいじょうぶ」

声が微妙に震えた。確かにスイセンの葉や茎で隠された足元は、意外と不安定だった。もしも斜面を転げ落ちてしまったら、崖の高さからすると、とても助かるまい。

元の場所に戻ると、ユキはスイセンを一輪、しゃがみこんで摘み取っていた。

「お部屋に飾っておきますね」

「ありがとう」

桃太郎にまっすぐに見つめられたユキは、はにかみながら花をもう一輪摘んで、自分の髪に、かんざしのように挿した。

「子どもの頃は、これが一番のお洒落《しゃれ》だったんです。だから、いまでもときどき……」

「よく似合っています」

桃太郎は言った。いかにもウブな、生硬なものの言い方だったが、ユキは昨日と同じように耳たぶまで赤くしてうつむいた。

そんなユキをまぶしそうに見つめた桃太郎は、意を決したように声をかけた。

「顔を上げてください、ユキさん。あなたにお渡ししたいものがあります」

「――え？」

桃太郎の手には、きびだんごがあった。

「どうぞ、召し上がってください」

「……いいんですか？」

「もちろんです。これが最後の一つです」

「……そんな大切なものを」

「最後の一つだからこそ、あなたに差し上げたいんです」

ユキの目は、涙で潤みはじめた。

「わたし、もう、あきらめてたんです。みんなが桃太郎さまからもらってるのに、わたしだけずっといただけなくて……わたしみたいな親もいない娘には、きびだんごをいただく資格なんてないんだ、って……」

「すみません、つい声をかけそびれていました。それだけなんです。さあ、どうぞ」

あらためてうながされたユキは、遠慮がちに手を伸ばし、だんごを口に入れた。

「どうですか」

桃太郎は笑って言った。「みんなが言っていたとおり、味がしないでしょう?」

だが、ユキは泣き笑いの顔でかぶりを振る。

「味、しません……でも、美味《おい》しいです、すごく美味しいです……」

桃太郎は「それはよかった」と応え、笑みを深めた――はずなのに、表情はユキと同じような泣き笑いになっていた。

その日の午後も、いつものように桃太郎とイヌとサルとキジは砂浜に集まった。
いつものように――。

二匹と一羽は、桃太郎にしか伝わらない言葉で、午前中に調べてきた村の状況を報告する。

「そろそろ、鬼の姿が見えてきました」

イヌが言った。港の朝は、夜通しの漁を終えた漁師にとっては酒盛りの時間である。酔ってご機嫌になった漁師に放ってもらったアジの干物にしゃぶりつきながら、イヌは漁師たちの酔話に耳をすました。

博打《ばくち》の話で盛り上がっていた。威勢のいい言葉が飛び交う。誰の口ぶりからも、酔いのせいだけでなく、気が大きくなっているのが窺える。

「岩窟島の財宝か」

桃太郎が言うと、イヌは尻尾《しっぽ》を振って「図々《ずうずう》しいものです」と応えた。漁師の連中は、桃太郎がもうじき持ち帰って、村人に分け与えるはずの財宝をあてにして、それを手に入れたあとの話で盛り上がっていたのだ。

「財宝を頭割りにすると、一人あたりのゼニカネはたいしたものにならないだろう、なんて言いだす奴も出てきまして」

「分捕り合いか」

「ええ。せめて博打の勝ち負けで決めてくれればいいんですが、なにしろ漁師は気の荒い連中ぞろいですから、結局は腕っぷし、下手をすれば刃傷《にんじょう》沙汰になるかもしれません」

やれやれ、と桃太郎はため息をついて、漁師の人数を訊いた。

「欲をかいているのは十五人というところでしょうか」

「……鬼、十五匹」

ひとりごちてうなずき、今度はキジに、ここから山一つ越えた先にある宿場町の様子を報告させた。

「昨日から、さらに増えました」

鬼退治の噂を聞きつけた連中が、宿場町に続々と集まっている。食い詰めた浪人者、商売の元手が必要になった詐欺師、女がらみの借金で首が回らなくなった極道くずれ……。

「ゆうべ遅く街道筋の親分も着いたようで、今朝は町中が殺気立ってました」

キジはうれしそうに言う。

サルも横から「うまくいきましたね」と割って入って、ウキキッと笑う。旅商人に扮したサルは、この村に着くまでの旅の道中、鬼退治の噂を街道のあちこちで流しておいた。狙いどおり噂は親分の耳に入り、これまた狙いどおりに親分が動いたというわけだ。

「玄人《くろうと》が出張ってくるのはありがたいな」

桃太郎は安堵《あんど》して笑う。「おかげで一度に片が付く」

素人《しろうと》のやることは浅慮すぎて予測がつかない。しかも一人ずつ勝手に行動されると、迎え撃つのにもいちいち手間がかかる。むしろ喧嘩《けんか》慣れした親分が束ねてくれたほうが、こちらとしてはずっとやりやすい。

親分は、桃太郎が鬼退治に出かけるまでは宿場町から動かないはずだ。

「村の情報屋は、寺の坊主です。親分の賭場でひどい借金を背負っているようですから」

キジが報告した。

「あの坊さんか……」

桃太郎は、散策のときに何度か挨拶を交わした住職の顔を思い浮かべた。それなりに徳のありそうな風貌をしていたのだが、とんだ生臭坊主だったわけか。驚きはしない。ただ苦笑する。人間とはそういうものだと、鬼退治の旅を始めてからずっと、思い知らされている。

「ここから先の話は、もう、毎度お馴染みの流れになるんでしょうね」

イヌが、うんざりしたように言った。

「まったくだな」

桃太郎はさっきの苦笑いをさらに深めて、ため息をつく。欲に駆られた連中は、やることなすこと、どうして、こんなにも似かよってしまうのだろう。

住職から連絡を受けた親分は、宿場で配下にした連中を引き連れて、村を取り囲むはずだ。そして、財宝が村人の手に渡ったのを確かめ、桃太郎の一行が立ち去るのを待って、襲うのだ。

手に取るようにわかる。濡れ手で粟《あわ》を目論《もくろ》んで村を襲った連中が、欲望に駆られた醜い顔のまま地面に倒れて息絶えている様子も、まざまざと目に浮かぶ。

同じことを何度も繰り返してきた。これからも何度も繰り返すだろう。

「宿場町から来るのは何人だ?」

桃太郎に訊かれたキジは「ざっと三十人ですね」と答えた。

「……鬼、三十四」

つぶやくと、サルが「つごう四十五匹」と足し算をして、イヌが「悪くない数じゃないでしょうか」と話をまとめた。

「そうだな、そろそろ仕上げるか」

さらなる長逗留をすれば、鬼退治の噂はいっそう遠くの町や村に広がって、欲に駆られて鬼と化した連中の数も増えるだろう。任務のことだけを考えるなら、網に掛ける獲物は一匹でも多いほうがいい。だが、鬼退治というのは、とにかくぐったりと疲れてしまうものなのだ——体よりも、心が。

「いつ仕上げますか」とキジが訊く。

「三日後の夜だ」

宿の主人や、主人から聞く網元の様子だと、あと三日動かずにいれば、奴らは焦《じ》れて焦れて我慢できなくなるだろう。そして、奴らの体は縦にぱかりと割れて、鬼の本性が姿を見せるのだ。

二匹と一羽はそれぞれ「心得ました」とうなずき、サルが訊いた。

「きびだんごは――」

「配り終えた」

「……ユキという娘にも？」

キジが訊くと、桃太郎はそれに直接答える代わりに、海をにらみつけて、怒った声で返した。

「例外をつくるな、特別扱いをするな、と言ったのは、おまえたちだぞ」

二匹と一羽は顔を見合わせ、揃って気まずそうに目配せして、イヌが神妙に言った。

「……心中、お察しします」

「よけいなお世話だ」

「ただ、まだ決まったわけではありません。あの娘は、われわれから見てもほんとうに素直で、気立ての良い子です。きびだんごを食べたことで、逆に彼女の素晴らしさがわかるのかもしれません」

「俺も、そうあってほしいと祈ってるよ」

言葉とは裏腹に、本音ではあきらめていた。これまで数えきれないほどの人間にきびだんごを食べさせた。鬼の本性を露わにしなかった者は誰一人としていなかった。

ユキもおそらく、例外ではあるまい。

きびだんごとは、もともと「きみだんご」だったのが転じた名前だった。

きみ——鬼見。

人間がふだんは隠している鬼の本性を見せる菓子、それがきびだんごなのである。

「だんごのことはもういい」

ユキの面影を振り払って、二匹と一羽に、これから為《な》すべきことを命じた。腕利きの連中だ。万が一にもしくじるはずがない。三日後の夜にはすべてが終わり、四日後の朝にはまた旅の暮らしに戻る。

そうやって生きてきたのだ、もう何年も、何十年も、何百年も。

岩窟島に目をやった。ただの岩だらけの無人島が、こんなにも村人から熱いまなざしを注がれたことは有史以来なかっただろう。

だが、四日後の朝には、島を見つめてくれる村人は一人も残っていないかもしれない。

*

次の日からサルは商人や旅芸人や虚無僧《こむそう》になりすまして、噂を村にばらまき、宿場町にも出かけて、必要な噂を必要なぶんだけ置いていった。

それをキジが確かめて、「だいじょうぶ、仕掛けは効いています」と報告した。偵察の途中で街道筋の親分から鉄砲で撃たれそうになったのは、ご愛敬というものである。

親分は、サルに騙された坊主のご注進を真に受けて、四日後の夜明け前に村を襲うだろう。しかし、村には財宝はない。財宝など、最初から、どこにもない。しんと静まり返った村にあるのは、欲に駆られて鬼となった挙げ句の死体の山だけ——生き残った善男善女が「どうしてこんなことに……」と啜り泣く声が聞こえていれば、御の字だろう。

そして親分の一行は仲間割れを始める。「やっぱりそうだったんだ」と誰かが叫ぶ。「俺たちはまとめてここで殺されるぞ、親分は財宝を独り占めするために、俺たちをここで殺すんだ、村の奴らもゆうべのうちに親分に殺された、親分はしらじらしく驚いてやがる、でもほんとうは、別の子分たちに村を襲わせて、財宝を奪って、いまから俺たちも殺すんだ、噂で聞いたときはまさかと思ったが、やっぱりそうだ、噂で聞いたとおりだ、死体がごろごろしてやがる、俺たちはハメられたんだ」……。

あとは放っておけばいい。

イヌはイヌで、港に足しげく通っては漁師たちの酔話や、獲れた魚の仕分けや網の繕いをするお内儀《かみ》さんたちの井戸端会議にも聞き耳を立てて、村に漂う不穏な空気を嗅ぎ取った。

やはり、桃太郎がいっこうに鬼退治に出かけようとしないことへの訝《いぶか》しさや不満は、日を追うごとに高まっている。宿の主人が桃太郎と密約して、こっそり岩窟島へ向かわせ、財宝を独り占めしようと目論んでいる——そんなことを言いだすお内儀さんもいた。そして、どうやらその話に誰よりも腹を立てているのは網元らしい、とも。

サルの流した噂がしっかりと届いている。村の実力者二人の仲間割れまでは、あとわずか、ということになる。

一方、漁師たちは、街道筋の親分が財宝の横取りを狙っているという噂に戦々恐々としていた。前もって親分に寝返っておけば財宝の取り分のいくらかは守ってもらえるが、逆らえば財宝はもとより命まで奪われる、という物騒な噂もあった。これらもまた、サルが流したものだった。

「おまえはどうする」「その前におまえはどうなんだ」「いや、だから、おまえがどうするのかを教えろ」「じゃあおまえが先に言えばいいだろう」……。

互いに牽制し、腹を探り合う。もともとは仲間として固い絆で結ばれていた彼らが、急にぎすぎすした関係になってしまった。

さらにサルは、少し遅れて届くように、噂を放っていた。

財宝を村中で分けるのであれば、頭数は一人でも少ないほうがいい。網元は、夜中の漁の最中に、気に入らない漁師を事故に見せかけて海に突き落とそうとしている。それを滞りなくおこなうために、漁師の何人かを一味に引き込んでいる。さらに、狙った漁師の女房には、すでに色仕掛け含みの因果も含めている。

漁師たちは皆、網元を疑い、仲間を疑い、女房まで疑う羽目になってしまった。

疑心暗鬼——。

目に見えない鬼が、小さな村のあちこちを跋扈《ばっこ》しはじめた。

桃太郎は村の散策をやめた。もう、その必要はない。きびだんごは行き渡った。村で出会った、これぞ、と見込んだ——胸の奥底に鬼がひそんでいそうな相手には、すべてだんごを食わせた。

村を歩く代わりに、スイセンの丘で時を過ごす。ユキは「お供します」と言ってくれたが、やんわりと断った。ユキの顔をまともに見られる自信がないし、ユキのほうも急に仕事が忙しくなった。宿の掃除や食事の支度をほとんどすべて押しつけられている。先輩の仲居や女中たちは、仕事もそっちのけでしょっちゅうささやき合っている。彼女たちの胸の奥でも、鬼が蠢《うごめ》きはじめているようだ。

ユキは小声の会話に加わっていない。それが桃太郎にとっては、せめてもの救いだった。

三日目の午前中も、桃太郎はスイセンの丘にいた。

この村で過ごすのも今日が最後になる。だが、桃太郎はあえて朝食のあとで、さらに一週間分の宿賃を前払いした。宿の主人はさっそく金を勘定しながら、「ずうっとお待ちしてるんですが、まだでしょうかねえ」と鬼退治を催促する。どんどん言い方が露骨になってきた。焦れる思いと、当座のまとまった宿賃を受け取って喜ぶ思いが、複雑に入り交じった顔は――じつに、醜い。

だが、この男も今夜のうちに冷たい骸《むくろ》になってしまうかと思うと、さすがに哀れにもなってきて、つい「もうすぐです、岩窟島の鬼はだいぶ増えてきました」と言って、主人を喜ばせる桃太郎なのだった。

ユキは今朝も忙しく働いていた。

だいじょうぶだ、彼女には鬼はいない。そう信じていたい。信じさせてくれ、と祈った。

きびだんごの最後の一つをユキに食べさせたときは、さすがに逡巡《しゅんじゅん》したのだ。彼女に鬼の影を感じたというわけではないし、たとえ鬼がひそんでいたとしても、それをわざわざ引き出してしまうこともない。

胸の奥の鬼とうまく折り合いをつけて、しまい込んだまま一生を終えれば、それですべてはまるく収まるのだ。実際にそうしている人や、そもそも自分の中に鬼がいることにすら気づいていない人は、たくさんいるのだ。

きびだんごさえ食べなければ、この村の人びとも、なにごともなく、貧しくとも清らかな暮らしを営んでいけたかもしれない。桃太郎さえ訪れなければ、あの宿の主人も一攫《いっかく》千金の夢に浮かされずにすんだ。愛想良く腰の低い商売人として、明日からもずっと、くたびれた宿屋を切り盛りしていったはずだ。

違うぞ——。

天の声がする。今日は昼間の空に月が浮かんでいる。

鬼を持っているかぎり、その鬼がいつ暴れ出すかわからん。そうなってからでは遅いのだ。世の安寧を護るためには、鬼が顔を出さないうちに摘み取っておくに限る。そのために、桃太郎、貴様を俗世に遣わしたのだ——。

わかっている。もう何度となく反駁《はんばく》しては説き伏せられてきたことだ。気持ちはわかるがな、まあ、こらえろ——。

海の声がする。潮騒《しおさい》がひときわ高くなる。

鬼を消す薬があればよいのだが、それがないのが一番の問題なのだ。ならば、鬼を持つ人間そのものを消し去るしかない。やむを得ない理屈ではないか——。

鬼はどうやって人間の胸に居着くのか。親の因果が子に報うのか。罰当たりなことをしたせいで鬼の種を吸い込んでしまうというのか。なにもわからない。

でもねえ、これじゃあきりがないわよね、桃さんも苦労のし甲斐《がい》がないでしょうに——。

空が言う。風が吹く。

実際、旅をどれほど続けても、鬼を持つ人間の数はいっこうに減る気配がない。むしろ増えているのではないか。人間とは、もしかしたら、鬼とともに生きることを宿命づけられているのではあるまいか。だとすれば、空の言うとおり、退治してもきりがない。これこそが無間《むげん》地獄ではないか。

まあ、理屈はいいじゃねえか、桃さん。それより、新しいきびだんごが蒸し上がったから、峠のお地蔵さんの裏に置いておくぞ——。

地が言う。スイセンの丘を歩くと、今日はいつも以上に霜柱を踏んでしまう。

それにしても、と桃太郎は足を止めて、群れ咲くスイセンを眺めわたした。

盛りは過ぎていても、やはり美しい。

こんなにも美しい花を丹精して、ひと月にも満たない花の盛りを愛でながら、欲に駆られると他人を騙し、出し抜いて、傷つけて、命すら奪ってしまう。

人間というものは、わからない。

手間暇をかけ、慈しんで、ここまで育ててあげてきた花を、きれいだからという理由で摘んで、命をあっけなく断ち切ってしまう。

人間というものは、ほんとうに、わからない。

桃太郎があの日、ユキにきびだんごを食べさせようと決めたのは、ユキがスイセンの花をためらいなく摘んだのを見た瞬間だったのだ。

「——大将、ここにいたんですか」

振り向くと、サルが木の枝に摑まっていた。

「仕掛けはこれで全部終わりです。あとは陽が暮れたら粉を撒いて、いよいよ鬼どもの宴《うたげ》の始まりです」

酒の代わりに血を啜り合う宴ですがね、と付け加えて、キキキッと笑う。

体内に染み込んだきびだんごの成分は、単独では作用しない。きびだんごを食べた人が、目に見えないほど細かな粉を吸い込むことで、粉が触媒となって、眠っていた鬼を呼び覚ますのだ。

その粉を、イヌが村中を走りまわって撒き散らす。サルも庭木の枝から枝に渡って撒く。さらに空から、キジが翼のはためきと一緒に撒く。

街道筋の親分たちには、きびだんごを混ぜた酒を呑ませてきた。無味無臭のだんごは、こういうときに便利なのだ。あとは粉を、奴らが村を取り囲むときに身をひそめそうな場所に撒いておけばいい。

鬼と化した村人たちが殺し合う。その殺戮《さつりく》が終わったあとで、親分たちが殺し合う。かろうじて生き残った鬼も、満を持して太刀を抜いた桃太郎によって退治される。

「大将、この村で鬼にならずにすむのは、何人でしょうね」

「さあな……」

「また全滅しちゃうのかなあ。全滅されちゃうと、どうも寝覚めが悪いし、かといって子どもが一人二人だけ生き残られても、それはそれで、なんとも後味が悪くて……」

「因果な商売だよな」

「まったくです」

そういえば、とサルは宿場町で仕入れた話を伝えた。物知りのサルは向学心にも富んでいて、宿場町の宿に学者や教育者が泊まっていると、必ず彼らの話を天井裏から聞く。

その話に、桃太郎にまつわるものがあったのだという。

「どうもね、大将とオイラたちみたいなのは、海の向こうにもいるらしくて。人間のドロドロした本性を引きずり出したり、人を狂わせて殺し合いをさせたりして……悪魔呼ばわりですよ。ひどいなあ。でも、海の向こうの悪魔がやってること、やっぱり大将と似てるんですよ。似てるのに、こっちは英雄、あっちは悪魔。なんなんでしょうねえ。あとね、笑っちゃうのが、ところによっては、大将みたいなのが鬼になるんですよ。まいっちゃいますよねえ、逆でしょう、逆。大将は鬼退治の、正義の味方、天下の桃太郎なんですから」

ウキキッウキキッと笑うサルに、桃太郎は「悪いが、最後に一つだけ、追加の仕事をしてくれ」と言った。

「へいへい、なんなりと」

軽口を叩いて請け負ったサルだったが、桃太郎と目が合うと、急に真顔になった。その表情は、仕事の中身を聞かされると、さらにこわばってしまった。

「……いいんですか、ほんとうに」

桃太郎は、無言でうなずいた。

*

三日目の夜。

四日目の夜明け前。

数十四の鬼が殺し合い、息絶えた。

朝陽が昇った頃には、すべてが終わっていた。

村には、いま、何人残っているのか。鬼にならずにすんだ善男善女は、いったいどれほどだったのか。

きっと彼らは家の中に隠れて、恐怖に身震いしながら息をひそめているはずだ。もうだいじょうぶ、村はまた平和になったから、と伝えてやると、安堵して喜ぶだろうか。それとも、変わり果てた身内や知己の姿に衝撃を受け、絶望もして、いっそ一緒に殺してほしかった、と恨みごとをぶつけてくるのだろうか。

一軒ずつを訪ねて確かめることはしない。

それは桃太郎の果たすべき任務ではない。仕事はもう、すべて終わったのだ。

生き残りがいなければ、桃太郎がこの村を訪ねたことは歴史の闇に消え去る。たとえ数少ない人が生き残っていても、故郷の村人が鬼だらけだったという話を、いったい誰が好きこのんで他人に聞かせるだろう。

かくして、桃太郎が鬼退治の旅を続けているという話だけが、伝説として細々と語り継がれることになる。

口伝《くちづ》ての物語は、往々にして、いつのまにか筋書きが端折《はしょ》られたり、ねじ曲がったり、登場人物が取り違えられたりするものである。

昔むかし、ある村に鬼がやってきて、村人たちを食い殺した――。

そんな伝説に登場する鬼は、もしかしたら桃太郎だったのかもしれない。


桃太郎はスイセンの丘にたたずんでいた。

イヌとサルとキジとは街道で別れた。

二匹と一羽は、里山に寄り道をしたり、旅人の荷物にちょっかいを出したり、茶屋の前で愛敬を振りまいて饅頭《まんじゅう》を分けてもらったりしながら、次の宿場町へ向かう。

桃太郎とは夕刻、そこで合流する。

いつものことだ。任務を果たした翌日の桃太郎は一人になりたがる。しばらくのうちは口数も少なく、ほとんど笑わない。

新しいきびだんごが置いてある場所まで行っても、だんごの包みにすぐに手を伸ばすわけではない。二匹と一羽がはらはらするほど、迷いやためらいを素直に覗かせて、ときには、とても無理だ、と弱音を吐くようにかぶりを振る。

それでも、最後の最後は気持ちを切り替えて包みを巾着袋に入れる。二匹と一羽を振り向いて「行こうか」と声をかけるときの顔は、哀しみや切なさの翳《かげ》りを湛《たた》えつつ――だからこそ、凜々《りり》しい。

溜め池のほとりで小休止をとる二匹と一羽の話も、そのことになった。

「まあ、今度も心配しなくていいだろ。退治した鬼の数もめちゃくちゃ多かったわけじゃないし、またすぐに元気になるさ」

キジが羽づくろいしながら言うと、イヌも転がっていた鹿の骨をしゃぶりながら
「それに、よかったじゃないか、ユキが鬼にならなかったんだから」と応えた。

真夜中に殺し合った鬼どもの中に、ユキの姿はなかった。きびだんごを食べ、触媒の粉を吸っていても、人間の理性を保ちつづけたのだ。

「やっぱり、もともと鬼なんていなかったんだよ、あの子の中には。結果的には空振りして、きびだんごを無駄遣いしたわけだけど、まあ、大将にとってはうれしい失敗だろ」

イヌの言葉に、「だよな」と返したキジは、羽づくろいを終えると地面を掘ってミミズを探しはじめた。

「なあ、サル、あんたもそう思うだろう?」

イヌは木に登ったサルを振り仰いだ。

サルは冬を越した熟し柿の実を啜りながら、「まあな……」と気のない様子でうなずいた。

「どうしたんだ？」

「いや、べつに……」

遠くに目をやった。海辺の村の方角だった。桃太郎はまだスイセンの丘にいるのだろうか。もう街道に戻ってきただろうか。

サルは、桃太郎がスイセンの丘に立ち寄ったほんとうの理由を知っている。

そしてそれが、つらい結果に終わってしまいそうだということも。


桃太郎はスイセンの丘の崖っぷちに立っていた。けつまずいて転ばないよう慎重に歩いて、ここまで来た。途中で、スイセンの花がつぶされているのを見つけ、それが一筋の道のようになって崖まで続いていることにも気づいて、すべてを察したのだった。

だから、驚かない。

崖の下の岩場に、ユキがいる。

岩に打ちつけて割れた頭から血を流し、両手両脚をあらぬ方向に折り曲げていた。

寄せては返す波に洗われた体は、意思を持たずにゆらゆらと動きつづける。

桃太郎はくちびるを噛んで、じっとユキの亡きがらを見つめる。

サルが旅商人に化けて、ユキの耳に届くようにひとりごちた。

すでに桃太郎は岩窟島の鬼退治を終えて、財宝をスイセンの丘に隠している。見つからないように、崖っぷちのぎりぎりのところに穴を掘って。夜明けにはそれを掘り出して、こっそり村から出ていくらしい……。

ユキの中の鬼がぴくりと動いた。

これまで抑えてきた鬼が、ついに、理性の軛《くびき》をへし折った。

真夜中に丘に来た。

月は昼間に出ていたし、曇り空でもあった。天も空も、海も、地も、真っ暗だった。

いや、地だけは、スイセンの花が仄《ほの》白く浮かんでいただろうか。

暗闇の中、欲に駆られた鬼は止まらない。

崖っぷちを目指して、足を取られ、斜面を転げ落ちた。

ユキは旅のいでたちをしていた。

夜中のうちに財宝を奪って、そのまま逃げだすつもりだったのか。

それとも、夜明けに桃太郎が来るのを待って、ともに旅立とうとしていたのだろうか。

わからない。

わかってもしかたないし、わかろうとすると哀しみと切なさがいや増すだけだろう。

代わりに、桃太郎はスイセンを一輪摘んで、崖の下に落とした。

風が止まる。陽が射す。波が消える。そして丘に咲くスイセンが一斉に、頭《こうべ》を垂れて亡き人を偲ぶように揺れた。

スイセンの花がユキの顔のすぐそばに落ちたのを確かめると、桃太郎は踵《きびす》を返して歩きだした。

もう振り向かない。

足も止めない。

頬が濡れても、拭うのはやめた。


街道に出ると、見慣れた顔が待っていた。

二匹と一羽が、引き返してくれたのだ。

ハアハア、と舌を出して荒い息をつきながら、イヌが「間に合ったー」と笑う。

枝伝いに移動するサルや空を飛ぶキジは、涼しい顔をして桃太郎を迎える。

「聞きましたよ、大将。水くさいなあ」

キジの言葉に、サルが片手拝みで「すみません、どーも、口が軽いもんでして」と浅く詫びる。

もっとも、二匹と一羽の思いは、むしろ黙っているときのほうが雄弁だった。

桃太郎と目を見交わして、うなずき合う。

それだけでいい。

風が吹く。やわらかい風には、桃の花の甘い香りがうっすらと溶けていた。

暦の上だけでなく、季節は、もうじき春だ。

遠くから見守っている大きなものが、桃太郎をねぎらってくれた。

「よし、行くか」

その声を合図にキジが飛び立った。サルも木から木へ移っていった。そしてイヌは、じゃれるように桃太郎のまわりを三周すると、ひと声吠えて駆けだした。

ウメさんの初恋

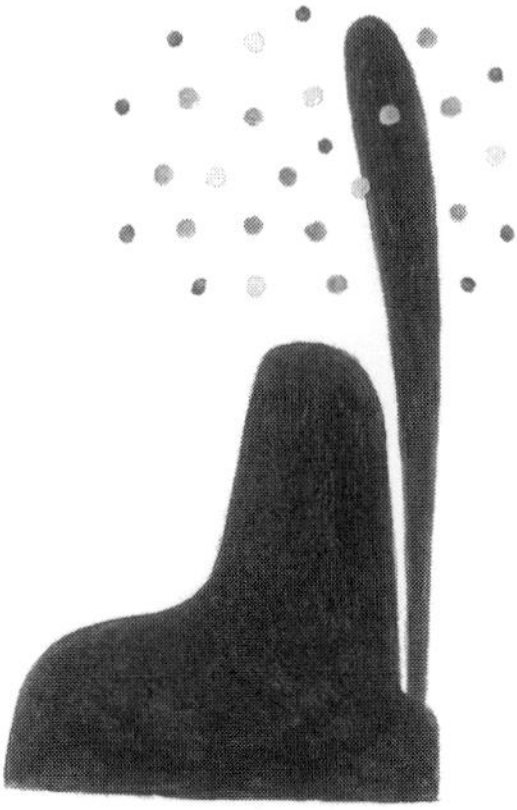

おやつのどら焼きと引き換えに、おばあちゃんにお手伝いを頼まれた。

「納戸からおひなさまを出すから」

「もう出しちゃうの?」

二月の半ばだった。近所のコンビニではバレンタインデーのキャンペーンが終わったばかりで、まだひなまつりモードにはなっていない。

「立春を過ぎたら、暦の上では春なんだから、いつ出してもいいの」

「そうなの?」

「知らんけど」

おばあちゃんは関西のお笑い芸人みたいな言い方でわたしを笑わせてから、踏み台に乗り、納戸の棚を覗《のぞ》き込んだ。

わが家は、祖父母と両親とわたしの五人家族だ。二世帯住宅なのでふだんの生活は分かれているけど、納戸は共用なので、中の荷物がたくさんある。そこから一つを捜し出すのはけっこう大変なのだ。

「でも、あまり早く出しちゃうと、邪魔になったりしない?」

おひなさまは五段飾りで、それを出している間はリビングと続き部屋になった和室がほとんどふさがってしまう。

「あ、違う違う、ミカちゃんのおひなさまじゃなくて、ウメさんの、昔のおひなさま」

ウメさんは、おばあちゃんのお母さんで、パパのおばあちゃんで、わたしにとってはひいおばあちゃんにあたる。ウメという名前が時代劇みたいで面白いとわたしが言ったので、おばあちゃんも付き合ってくれて、わたしと二人のときには「ウメさん」と呼んでいる。

隣の市にある実家で長年一人暮らしをしていたウメさんは、おととしから同じ街の介護施設に入っている。部屋の収納スペースが狭いので、家財道具は実家を引き払うときにほとんど処分したけど、どうしても捨てられないものはウチで預かっている。

でも、その中におひなさまがあるなんて知らなかった。

「去年も持って行ってあげたんだけど、ひなまつりのあと、しまうときにどの箱に入れたのか忘れちゃったのよ」

「今年も持って行くの?」

「そうよ」

「でも――」

言いかけたとき、「はい、これ見て」と棚から下ろした箱を渡された。

蓋を開けて中身を確かめて、クイズ番組みたいに「ブーッ」と言った。箱に入っているのは、おひなさまじゃなくて、お正月飾りだった。

「じゃあ、こっちかなあ」

棚に並ぶ別の箱に手を伸ばしたおばあちゃんに、わたしは「ねえ――」と声をかけた。「おひなさまだと、もっと大きな箱じゃないの?」

おばあちゃんは、「おー、名探偵」と感心して笑った。「すごいすごい、もう中学生なんだもんね、しっかりしてきた」

正確には、中学生になるのは四月からだけど――ま、いいや。

「でも、箱はこれくらいのサイズでいいの」

「そうなの?」

「うん、おひなさま、一人だけだから」

「なんで?」

おひなさまには、三人官女や五人囃子《ばやし》のいない、男《お》びなと女《め》びなだけの親王飾りもある。でも、一人きりなんて聞いたことがない。そもそも男びなと女びなは夫婦設定なんだし、独身だとよくないと思うけど。

「あとで、捜してから教えてあげる」

「……はーい」

ほんとうはもう一つ訊《き》きたかった。さっき言いかけたことでもある。

おばあちゃんは、おひなさまをウメさんのところに持って行くと言った。

でも、肝心のウメさんは、ひなまつりを楽しむことはできない。去年の暮れから介護施設のベッドに横になったまま、一日の大半の時間は昏々《こんこん》と眠っていて、目を開けているときも意識はほとんどない。

お医者さんの話では、もう八十八歳だし、心臓もずいぶん弱ってきたので、いつお別れになっても不思議ではないという。

だから、おばあちゃんは、こんなに早い時期におひなさまを出すことを決めたのだろうか――。


小一時間かけて、ようやくおひなさまの箱が見つかった。わたしは忘れないうちに、箱の側面にサインペンで〈ウメさんのおひなさま〉と書いた。これで来年から少しは見つけやすくなるだろう。

でも、ふと気づいた。ウメさんが亡くなったら、このおひなさまはどうなるんだろう。

わたしにとって、ウメさんは、はっきり言って遠い存在だった。

二世帯住宅で同居しているおじいちゃんやおばあちゃんとは違って、会うのは年に二、三回しかないし、会っているときも話し相手はずっとおばあちゃんやパパが務め、わたしはたまに学校の話を振られて答えるだけだった。特にこの一、二年は少し認知症っぽくなっていたから、わたしが誰かもわかっていなかったかもしれない。

そんなわけで、ウメさんへの思い入れは、悪いけど、あんまりない。血がつながった大切な間柄の人ではあっても、身内というより、「ウメさん」というキャラの感覚……実際、「ウメさん」を「ひいおばあちゃん」と呼び直すと、なんだかそっちのほうが他人行儀で、しっくりこない。

でも、おばあちゃんにとっては違う。わたしに付き合って「ウメさん」と呼んでいても、たった一人の母親──しかも、おばあちゃんも一人娘なのだ。ウメさんが実家で一人暮らしをしていた頃は、おばあちゃんは毎週のように隣の市まで出かけてこまごまとお世話していたし、介護施設に入ってからも月に一度は面会していた。

だから、ウメさんが亡くなったあとの話をずけずけと切り出すわけにはいかない。

「あのね、万が一の、もしもの話なんだけど……」と、くどいほど前置きをして、おひなさまのことを訊いてみた。

するとおばあちゃんは意外とさばさばとした様子で、「そうなったら、時機を見て、お寺か神社にオタキアゲをしてもらわないとね」と言った。

「オタキアゲって？」

漢字では「お焚き上げ」と書くんだと教えてもらった。

「古い人形には魂がこもってるから、供養してから燃やして、天に昇ってもらうの」

思わず笑ってしまった。ほとんどホラーのマンガや映画の世界だ。

「まあ、迷信だけどね」

おばあちゃんも苦笑したけど、「昔からそう言われてるから、やっぱりちゃんとしてあげないと」とも付け加えた。

「そっかあ……」

じゃあ、もう、来年に箱を捜すことはない。サインペンで書いても意味がなかったかもしれない。

「ほんとうは代々受け継いでいけばいいんだろうけど、ウチにはもうミカちゃんのおひなさまがあるし、さすがに古いしね」

「三十年とか四十年とか？」

「ううん、もっともっと。初節句のお祝いだったから、ウメさんと同い年」

「って、八十八歳？」

「ね、すごいでしょ」

おばあちゃんは防虫シートにくるまれた人形を箱から出した。

「ほら、見てごらん」

シートをはずした男びなは、カビや埃《ほこり》でうっすらと黒ずんでいた。目鼻や口はほとんど消えて、衣裳《いしょう》もほつれたり擦り切れたりして、あちこちで胴体が透けて見える。

箱から出して飾るのは毎年一週間ほどでも、それが長年積み重なるとここまで傷んでしまう。カビはむしろ箱にしまっている間の湿気が原因なのだろう。

正直に言って、ボロボロだった。ひなまつりの華やかさのかけらもない。これを「あげる」と言われても、やっぱり困る。

でも、おばあちゃんは「はい、一年ほどのごぶさたでした。お元気ですか?」とおどけてあいさつをして、男びなを床に置いた。

「おひなさまなのに立ってるの?」

「そういうおひなさまもあるのよ」

立ちびなという。わたしのおひなさまは座っているから、座りびな。

「あと、作り方も違うの」

わたしのおひなさまは衣裳着人形《ぎ》といって、ワラで作った胴体に重ね着の衣裳を着付けて作ってある。

ウメさんのおひなさまは木目《きめ》込み人形という。桐《きり》の粉を固めた胴体に掘った溝に、衣裳の布をグイグイッと埋め込んである。

　華やかな衣裳のボリュームはウチのおひなさまが圧勝だけど、ウメさんのおひなさまも、古びてしまったのを差し引けば、なかなか素朴で味わい深い。それに胴体がしっかりしているぶん、手に持っていてもグシャッと壊れない安心感がある。

「ウメさん、喜ぶわよ。ああ、今年もまたおひなさまの季節なんだね、春が来たんだね、って」

「……だね」

　相槌《あいづち》を打ったあと、心の中だけで付け加えた――ウメさんが目を覚まして、意識がちゃんとしていれば、の話だけどね。

　去年までのウメさんは、私物に囲まれた個室で生活していたので、おひなさまを飾るのも自分の思いどおりにできただろう。

　でも今年は、ベッドと小さな棚、それと必要最小限の医療器具があるだけの介護室に移された。

　お見舞いで介護室に初めて入ったとき、病院の個室みたいだと思った。でも、パパとママが教えてくれた。ここは病気を治すための部屋じゃなくて、痛みや苦しみを取り除きながら穏やかな死を迎えるための部屋だ。それを知ってからは、病室よりも霊安室を連想するようになった。

そんな部屋に、おばあちゃんはおひなさまを飾る。事前に施設長さんに問い合わせると、最初は半月も早いひなまつりにびっくりされたらしい。でも、すぐに「どうぞどうぞ、ぜひ飾ってあげてください」と言ってもらえた。三月三日では間に合わないかもしれない、と施設長さんやお医者さんも考えているのだろう。

「でも、そこまでするほど、おひなさまを飾るって大事なの？」

「特別だから」

「ひなまつりが？」

「っていうより……」

男びなを手に取って、人形の顔をわたしに向けた。

「おだいりさまが、特別なの」

テレビのクイズ番組で紹介されていたけど、ひな人形のカップルを「おだいりさま」「おひなさま」と呼ぶのは間違いらしい。ほんとうはカップルは「男びな」「女びな」で、二人揃って「おだいりさま」、「おひなさま」は三人官女や五人囃子も含めて、人形を全部まとめた呼び方――童謡の『うれしいひなまつり』の歌詞が間違えていて、それがすっかり広まってしまったのだ。

でも、ここでウンチクを披露してもおばあちゃんの話の腰を折ってしまうだけなので、そのままスルーして、わたしも呼び方をおばあちゃんに合わせることにした。

「おだいりさまの、どこが特別なの？　これ、ほんとはすごい高級品だったりするわけ？」

「そうじゃなくてね、ウメさんはおだいりさまが大好きだったの。初恋の人なんだって」

「――はあ？」

「だから、どんなに古くなってもお焚き上げにはしなかったし、おひなさまの季節になるのを毎年ほんとに楽しみにしてたの。七十になっても八十になってもね」

「うん、大切にしてたのは、よーくわかるんだけど――」

問題はそこじゃなくて。

「おだいりさまの顔が、初恋の人に似てたっていうこと？」

それなら、まあ、わからないわけでもない。

でも、おばあちゃんは首を横に振った。

「そっくりさんじゃなくて、本人」

「――て？」

「このおだいりさまが、ウメさんの初恋の相手」

きっぱりと言い切った。

ワケがわからない。

「ほかのおひなさまは？」

「焼けちゃったの」

「火事？」

「じゃなくて、戦争のときの空襲で」

「ウメさん、空襲に遭ったことあるの？」

きょとんとするわたしに、おばあちゃんは苦笑して、「続きは、どら焼き食べながらにしようね」と言ってくれた。

＊

壁を隔てて左右に分かれているだけの二世帯住宅でも、二つのウチは雰囲気が全然違う。

おばあちゃんのウチは洋室よりも和室のほうが多いし、一年のうち半分近くはコタツが出ている。家具や飾りものがほとんど和風なので、リビングよりも居間、ダイニングキッチンよりも台所と呼んだほうが似合う。

なにより、中に入るとすぐに感じるのが、うっすらとした煙ったさ——おじいちゃんが煙草を吸うのと、仏壇が二つあるから。

仏壇の一つはおじいちゃんの家のもので、もう一つはおばあちゃんの家のものだ。もともとは実家にあったのを、ウメさんが施設に入るときにおばあちゃんが引き取った。

そんな仏壇のお供えものをいただくのが、おばあちゃんのウチのおやつだった。

「ちゃんと仏さまにあいさつしてから、いただきなさいね」

「はーい」

とは言いながら、いつもはさっさと手を合わせるだけですませてお菓子に手を伸ばす。

でも、今日は、おばあちゃんのウチの仏壇の前で、ちょっと間を取った。

薄暗い仏壇の中には古びた位牌《いはい》がたくさん並んでいる。一番新しいのがウメさんの夫――ひいおじいちゃんの位牌だけど、亡くなったのはわたしが生まれる前の年だから、もう十三年ぐらいたっている。

ここに、もうすぐ、ウメさんの位牌が加わる。悲しみというほどはっきりした感情にはならなくても、やっぱり、しんみりしてしまった。おひなさまに初恋? フィギュアに恋するようなものなのかな。ひな萌えとか。いままでうんと遠かったウメさんの存在が、少し身近に感じられてきた。

ほうじ茶ラテをいれてもらって、どら焼きを食べながら、おばあちゃんの話を聞いた。

「ミカちゃんは、ニッポンが昔アメリカと戦争してたことは知ってる……よね?」

もちろん、と指でOKマークをつくった。広島と長崎の原爆も知ってるし、沖縄のひめゆりの塔の話も本で読んだことがある。

でも、戦争が終わる半年ほど前に、隣の市が空襲を受けたことは、初めて聞いた。

「そう……」

おばあちゃんは少し寂しそうな顔になった。

「慰霊祭はいまでもやってると思うけど、まあ、もう八十年近くたってるからねえ」

おばあちゃんが子どもの頃の慰霊祭は、鳩《はと》が放されたり、小中学生が平和をテーマに合唱したりして、地元のテレビや新聞もたくさん取材に来ていたらしい。

「……全然知らなくて、ごめん」

「ううん、いいのいいの、街が違うんだし、時代も違うんだから」

でも、ほんとうはそうじゃないよね——そこまではわかるけど、その先にどうすればいいかが、わからない。

空襲は二月の終わりだった。おひなさまを出していた頃だ。

「戦争がほんとに大変なことになってて、みんな食べるものにも困っている毎日だから、派手なことはできないし、そもそも段飾りのおひなさまなんて、よっぽどのお金持ちのウチにしかなかったんだけど」

　それでも、女の子たちは小さな親王飾りのおひなさまを飾って、ささやかなひなまつりのお祝いを楽しみにしていた。

　ウメさんも、そう。

「ちっちゃな頃から、おだいりさまが大好きだったんだって。ひなまつりの時期しか会えないのが寂しくて、こっそり箱から出して叱られたこともあった、って」

　変わってるでしょ、と笑って訊かれたので、わたしも笑ってうなずいた。

　ひな人形の人気投票をしたら、華やかなおひなさまが絶対にトップになるだろう。わたしも、おひなさまに一票。おだいりさまも悪くはないけど、だったらむしろ三人官女のほうがいいかな、という気もする。

「なんで、おだいりさまが好きだったの?」

「お父さんに似てたんだって」

「そうなの?」

　思わず、テーブルに置いたおだいりさまの顔を覗き込んだ。墨でシュッと描いただけの目鼻や口は、もうほとんど薄れてしまって、顔立ちははっきりとはわからない。

「おばあちゃんは、こんなに古くなる前のおだいりさまを知ってるし、ウメさんのお父さんの顔も親戚の家にあった写真で見てるんだけど……」

実際にはあまり——というか、全然似てなかったらしい。

「でも、いいの。ウメさんにとっては、見た目がどうこうじゃないの。似てるんだって決めたら、似てるの、それで決まりなの」

かなり強引な気がしたけど、わたしがツッコミを入れる前に、おばあちゃんは話を先に進めた。

「あと、お兄さんたちにも似てるって」

「おだいりさまが?」

「そう」

「っていうか、その前なんだけど、お兄さんがいたの?」

「うん。おばあちゃんにとっては伯父さんだけどね、三人もいたの」

知らなかった。ウメさんにきょうだいがいるかどうかなんて、いままで考えてみたこともなかった。

「ウメさんは四人きょうだいの末っ子で、初めての女の子だったから、お兄さん三人にすごく可愛がられてたんだって」

「わかる、すごく」

この設定、最強の妹シフトだと思う。

「なんかね、三人目のお兄さんのときには、今度こそ女の子だって言われてたらしいんだけど、生まれてきたのは男の子だったから、もう一人だけがんばろう、って」

「それでウメさん？」

「そう。だから、一番上と二番目のお兄さんとは歳が一回り以上離れてたのよ」

「じゃあ、もう百歳超えちゃってるじゃん。一番下のお兄さんもウメさんより年上だから、もう九十代だよね」

「生きてればね」

「……そっか、男の人のほうが平均寿命短いもんね」

「ううん、そんなところまで生きてない。三人とも若いうちに、まだ結婚もしないうちに亡くなってるの」

「マジ？　なんで？」

「戦争」

さらりと言った。だからかえって、ずしん、と重く響いた。

「ちょっと待ってね」とおばあちゃんは言って、実家の仏壇から位牌を三つ持ってきた。

「ひょっとして、三つともウメさんのお兄さんの？」

「位牌はハシラって数えるの、建物の柱ね。せっかくだから覚えておきなさい」

一番上のお兄さんは、昭和十七年——だから太平洋《たいへいよう》戦争が終わる三年前に、南太平洋のどこかの島で戦死した。二十五歳だった。

二番目のお兄さんは昭和十九年の夏、同じ二十五歳で、乗っていた輸送船が撃沈されて亡くなった。同じ年の暮れには、大砲を造る工場で働いていた三番目のお兄さんが空襲で亡くなった。まだ十六歳だった。

言葉をなくしたわたしに、おばあちゃんは四柱めの位牌を仏壇から持ってきた。

ウメさんのお父さん――おばあちゃんにとってはおじいさん、わたしにとっては、ひいひいおじいさんの位牌だ。

「ウメさんのお父さんは病気で亡くなったの。もともと体がじょうぶなほうじゃなかったらしいんだけど、いまで言う心筋梗塞かなにかで、突然だったんだって。まあ、病気だからしかたないんだけど……命日を見てごらん」

昭和七年四月二十日だった。

「ウメさんの誕生日、知ってる？」

昭和八年一月七日――。

「つまり、お父さんは亡くなる直前に、ウメさんの命をお母さんに宿してたわけ」

亡くなったお父さんは長男だったので、お母さんはお父さんの実家にいろいろ助けてもらいながら、四人の子どもを育てた。

「助けてもらうって言っても、嫌なことや、つらいことのほうが多かったと思うけどね」

細かいところはピンと来なくても、シングルマザーなんだから大変だなあ、とは思う。

「だから……ウメさんにとっては、おだいりさまはお父さんの代わりだし、途中からは三人のお兄さんの代わりだったのかもしれないね」

「……うん」

そんなおだいりさまを飾っているときに、空襲があった。

夜中に、何十機もの爆撃機が街の上空から焼夷弾《しょうい》を落としていったのだ。

「別の大きな街を空襲してたら、雲が出てきて爆撃が途中で終わったから、帰り道についでのように寄って、工場や駅を狙って、残りの爆弾を落としていったんだって」

「そんなのあり？　めちゃくちゃじゃん」

「あるのよ、戦争なんだから」

おばあちゃんは怒った声で言う。怒っている相手はわたしじゃないというのはわかっているのに、自分が叱られているよりずっと悲しくなってしまった。

ウメさんとお母さんと、亡くなったお父さんの両親が住んでいたのは、駅の近所だった。

たちまち火の手があがり、みんなは着の身着のままで逃げ惑った。

急いで暗算した。空襲のとき、ウメさんは十二歳――いまのわたしと、同じ。

胸がドキドキしてきた。息が詰まりそうにもなった。

「ウメさんは、おだいりさまを持って逃げたの。そんなもの持ってどうするの、ってお母さんには叱られたらしいんだけど、どうしても一緒にいたくて……」

空襲は、記録によると一時間ほどで終わったらしい。でも、ウメさんの記憶では、ほとんど一晩中続いて、ようやく静かになったと思った頃に空が白みはじめたのだという。

「どこに逃げて、どうやって身をひそめたのか、全然覚えてないんだって。ただ、とにかく、胸でおだいりさまをギューッと握りしめてた、って……それだけを、よく覚えてるんだって……」

幸い、家族は全員無事だった。でも、家は全焼してしまった。置いたままだったおひなさまも、残骸すら見つけられなかった。

「まあ、そもそも、全員無事って言っても、空襲の前に四人も亡くなってるんだけどね」

ウメさんの持ち物はもちろん、三人のお兄さんの思い出の品もすべてなくなってしまった。ウメさんには、もともとお父さんの思い出はなにもなかったけど、お父さんが確かにこの家にいたんだという証も、消えうせた。仏壇も燃え尽きた。いまの位牌は全部、戦争が終わってから作り直したものだった。

残ったのは、お父さんやお兄さんたちにそっくりの、おだいりさまだけだった。

話し終えたおばあちゃんは、「今年は花粉症早いみたいだね……」とつぶやいて、ハナをすすった。

わたしは食べかけのどら焼きの、歯形のついた断面を、黙ってじっと見つめる。

言葉が出てこない。なんて言ったらいいのかわからない。必死で言葉を探してしゃべったとしても、言葉をつなげばつなぐほど、ほんとうに言いたいことから遠ざかってしまいそうな気もする。

おばあちゃんも、黙り込んだわたしにしゃべらせようとはしなかった。

代わりに、「ミカちゃんは、まだわからないと思うし、わからなくていいからね」と前置きして、言った。

「おだいりさまがお父さんやお兄さんたちに似てるってこと……ほんとうは、あとになってから思ったのかもしれないね」

わからなくていい——と先に言われたら、「なんで？」とは訊けなくなる。

黙るしかないわたしに、おばあちゃんは話を続けた。

空襲で家をなくしたあと、ウメさんやお母さんたちは、ほんとうに大変だったらしい。戦争が終わっても、食べるものの苦労は、むしろ平和になってからのほうがひどかったという。その状態から抜け出しても、ウメさんが学校に進むほどの余裕はなかった。中学を卒業すると就職をして、ラジオの工場から自動車の工場に移って、文房具の会社で事務をやったり、通信制の高校に入ったけど仕事が忙しくて結局続けられなかったり……。

「よくわかんないのよ」

おばあちゃんはあきれたように笑った。苦労したことはわかる。でも、どんな苦労だったのかは、わからない。

「詳しいことはなんにも話してくれないの。どんなにねばって訊いても、最後は、人生いろいろ、で終わっちゃうの」

おばあちゃんは、「人生いろいろ」のところで鼻歌のように節をつけた。そういうタイトルの歌が、昭和の終わり頃に大ヒットしたらしい。

「オトナになって、結婚してからも、人生いろいろ、だったの」

仏壇から、また位牌を持ってきた。小ぶりなサイズの位牌が一柱——薄暗い仏壇の中でも隅っこのほうに置いてあったらしい。場所も目立たないし、とにかく仏壇をじっくり見たことはなかったから、いままで気づかなかった。

位牌には戒名が二つ並んでいた。命日は同じ、昭和三十年六月三日。

「おばあちゃんの、お兄さんとお姉さん」

「……おばあちゃん、一人っ子じゃなかったの？」

「その前に、二人いたのよ。双子で、けっこう早く生まれちゃって、生まれたときからいろんな病気を持ってたから、どっちもすぐに、同じ日に亡くなって、仲良しのきょうだいになるはずだったんだから、寂しくないように、お坊さんにお願いして一つの位牌にしてもらったんだって」

戦争が終わってまだ十年ほどで、いまなら充分に助けられる命も、たくさん喪《うしな》われていた。計算をすると、ウメさんは二十二歳だった。昔の人は結婚が早かったらしいけど、その若さで子どもを二人も亡くしてしまうなんて、どれほどつらかっただろう。

「けっこう大変な人生でしょ？」

「……うん」

短い一言でしか答えられなかったけど、しっかりうなずいたつもりだ。

「まあ、いろいろあったウメさんも、おばあちゃんが生まれてからは、幸せいっぱいの人生を送ったんだけどね」

おばあちゃんは得意そうに胸を張った。わたしも付き合って、パチパチパチッと手を叩いて笑ったけど、笑ったあとで泣きそうになってしまった。

「おばあちゃんが生まれると、親王飾りのおひなさまを買ってくれて、それを毎年飾ってたんだけど……」

ウメさんは、あのおだいりさまも、毎年ひなまつりの時期になると箱から出して、主役のおひなさまの邪魔にならない場所に飾っていた。おばあちゃんが「なんで?」と訊くと、「初恋の人だから」と笑って、それ以上のことは、おばあちゃんがオトナになるまで教えてくれなかった。

「そんなウメさんの人生を、ずーっと見守ってくれたのよ、このおだいりさまは」

テーブルのおだいりさまに「お疲れさまでした」と声をかけて、「でも、もう、いよいよ最後ですね……」と続け、「お母さんのこと、よろしくお願いします」と頭を深々と下げた。最初は冗談交じりでも、途中から真剣になったのが、横で見ていてもわかった。

おだいりさまは、明日おばあちゃんが施設に持って行く。その前に、今夜一晩、わたしの部屋で過ごすことになった。わたしが「お願い!」と頼み込んだのだ。

学習机に置いたおだいりさまに見守られて、宿題をした。

いつもより集中して勉強できたような気がする。途中で飽きて、読みかけのファンタジー小説に手を伸ばすこともなかった。

ほんとうは、わたしもおばあちゃんと一緒に施設に行きたかった。ウメさんと会いたい。おしゃべりができないのはわかっていても、ウメさんがわたしのひいおばあちゃんだというのを噛《か》みしめたい。いまなら、それができそうな気がした。

でも、明日は火曜日で、学校がある。施設までは電車とバスを乗り継いで片道二時間近くかかるので、放課後というわけにはいかないし、さすがに学校を休んでまで――わたしとしては全然いいんだけど、おばあちゃんには「なに言ってるの」とあっさり却下されてしまった。

次の土曜日に行く。決めた。おばあちゃんにも連れて行ってもらうよう約束した。あと五日。それまでに、もしも、万が一のことになってしまったら、どうしよう。

ウメさんが元気だった頃に、もっとたくさん話をしておけばよかった。さっきおばあちゃんにもそう言った。

おばあちゃんは仏壇に位牌を並べ直しながら、「どうせ昔のことは話してくれなかったと思うよ。おばあちゃんにもなかなかしゃべってくれなかったんだから」と言った。そうかもしれない。でも、テレビとか、ごはんとか、お天気とか、どうでもいいようなことをたくさん話しておきたかった。

おばあちゃんもその気持ちはわかっていたようで、位牌を元の位置に戻すとわたしを振り向いて「ありがとう」と笑い、「もう中学生だもんね、しっかりしてきたね」と言った。

納戸でおひなさまの箱を捜しているときにも同じ言葉を言われた。でも、いまのほうがずっと、ほめられてうれしい。どら焼きを一つ食べている間に、なんだか、階段を何段もまとめて上ったような気がする。

宿題が終わると、教科書やノートを片づけて、おだいりさまと向き合った。おでこがぶつかりそうになるぐらい顔を近づけて、おだいりさまの消えかかった目鼻をじっと見つめた。

ウメさんのお父さん、三人のお兄さん――顔立ちが似てるとか似てないとかを超えて、おだいりさまは「みんな」なんだな、と素直に納得できた。

おだいりさまをギュッと握りしめて、炎のたちのぼる夜空を見上げる、わたしと同い年の女の子のことを、思う。

怖かったよね、心細くて、つらくて、寂しかったよね。

でも、生きててよかった。おだいりさまがウメさんを守ってくれた。お父さんや三人のお兄さんが守ってくれた。絶対にそうだよね、と決めた。

「ありがとうございました」

つぶやいて、頭をぺこりと下げた。

おだいりさまの細い目は、わたしではなく、もっとずっと遠くのなにかを見つめているようだった。

＊

おばあちゃんがおだいりさまを届けても、ウメさんは昏々と眠りつづけるだけだった。

施設長さんやお医者さんは、おだいりさまがあまりにもボロボロで、しかもカップルの片方だけだったので、最初はぎょっとしていたらしい。それはそうだろう。病院の集中治療室だと不衛生を理由に断られてしまったかもしれない。

でも、そこは介護施設の——プレ霊安室ならではの、融通が利く。おだいりさまがウメさんの八十八年の人生にずっと寄り添っていたことをおばあちゃんが説明すると、施設長さんは大いに感激して、お医者さんや介護士さんたちとも相談しながら、ウメさんが目を覚ましたらすぐに視界に入るよう、人形を置く場所を工夫してくれた。

もっとも、せっかくの気づかいも、実るかどうかはわからない。ウメさんの眠りはひときわ深くなっていて、お医者さんによると、もう目覚めるのは難しいんじゃないか、ということだった。

「どんな夢を見てるんだろうねえ。ずうっと楽しい夢を見たまんま向こうに行っちゃうんだったら、それはそれでいいのかもね」

おばあちゃんは明るく言って笑った。もう、お別れの覚悟はできているのだろう。

「おだいりさまもいるんだし、あとは任せればいいの」

おじいちゃんやパパやママは複雑な表情で相槌を打ったけど、わたしは「そうだね」と笑顔で応《こた》えた。古い人形には、魂が宿る。いまはそれ、けっこう信じている。


土曜日になるのを楽しみに待ちながら、いろんなことを考えた。

おばあちゃんに話を聞いたときには深く考えずにスルーしていたけど、あらためて振り返ってみると、わたしがここにいる、この世界で生きているのは、すごい奇跡のように思えてしかたない。

だって、ウメさんのお兄さん三人のうち誰か一人がお姉さんだったら、特に三番目の赤ちゃんが周囲の期待どおり女の子だったら、ウメさんの両親はもう一人赤ちゃんをつくることはなかっただろう。

ウメさんのお父さんは、急死する直前にお母さんの体にウメさんの命を宿してくれた。これだって、あとほんの何日かタイミングがずれていれば、ありえなかったかもしれない。

空襲もそう。ウメさんがもしもあの夜の空襲で命を落としていたら、おばあちゃんは生まれなかった。おばあちゃんの息子のパパも生まれなかった。だから、つまり、パパの娘のわたしだって……背中が、ひやっとした。

もともとひな人形には、女の子の身代わりになって不幸を受け止めてくれるという役目がある。だから、空襲で焼けてしまったおひなさまは、ウメさんの身代わりだったのかもしれない。

おばあちゃんだって、じつは巡り合わせ次第では、生まれていなかったかもしれない。おばあちゃん本人は気づいているのか、いないのか。あの日は亡くなったお兄さんとお姉さんの冥福をのんきに祈っていたけど、よーく考えてみたら、双子の赤ちゃんが二人とも元気に育っていたら、おばあちゃんは生まれていなかったと思う。たとえ三人目の赤ちゃんがいたとしても、おばあちゃんとは別の人のはずで、このおばあちゃんがいなければパパはいないし、パパがいなければわたしだって……背中がまた、ひやっとする。

おじいちゃんにも話を聞いたら、新しい「もしも」が出てくるかもしれない。パパのほうだけじゃなくて、ママのほうのおじいちゃんやおばあちゃんにも聞くと、「もしも」はもっと増えるはずだし、それぞれのご先祖さまをずうっとたどっていけば、もう、なんというか、「もしも」は星の数ほどにもなってしまうだろう。

「もしも」の形は一つずつ違う。そんな「もしも」が積み重なって、たまたまできた隙間に糸を通していって、最後までつっかえずに……やった、抜けた――！

それが、わたしなんだな。

ひやっとしていた背中が、今度はぽかぽかと温《ぬく》もりはじめた。

＊

土曜日に施設に出かけた。最初はおばあちゃんとパパとわたしだけ——つまり、ウメさんと血のつながった三人だけで会うつもりだったけど、おじいちゃんとママも一緒に来ることになった。ウメさんと会えるのは、これがもう、最後になるはずだから。

ウメさんはあいかわらず昏々と眠っている。わたしがこの前会ったお正月にはなかった酸素吸入のマスクを付けている。息をするのに合わせて、マスクは白く曇ったり透明に戻ったりを繰り返す。

でも、酸素吸入から先の、喉から管を入れたり人工呼吸器を付けたりという延命治療はしないと決めているので、自分で息ができなくなったら、それで、ウメさんの人生は幕を閉じる。

お医者さんがおばあちゃんとパパに、血圧がずいぶん下がっていると説明した。熱もずっと三十八度近いし、おしっこが出なくなっている。

がんばっても、あと二、三日らしい。

パパは施設長さんにゲストルームの空き状況を尋ねた。この施設には、入居者を遠くから訪ねてきた人が泊まる部屋が設けられている。うまいぐあいにしばらく予約は入っていなかったので、おばあちゃんが今夜から泊まり込むことになった。

残りの家族はいったんウチに帰って、なにかあったらすぐに駆けつける。でも、間に合わない恐れもある。お医者さんは「申し訳ありませんが、それはお含み置きください」と言った。それで、せめておばあちゃんだけでも臨終の瞬間に立ち会えるよう、ゲストルームを取ったのだ。

じゃあ、わたしも一緒に――。

言いかけたら、パパとママに目配せで止められてしまった。

おばあちゃんにはウメさんとの思い出が、たくさん、たくさん、ある。

ゆっくりお別れさせてあげような、とパパがささやいて、ママは黙って、わたしの肩に手を載せた。

わたしはうなずいて、ベッドの脇のワゴンに目をやった。医療器具を置いたワゴンの天板に、おだいりさまが立っている。顔をウメさんのほうに向けて、見守ってくれている。

ウメさんはいま、どんな夢を見ているんだろう。お兄さんたちに遊んでもらっている夢だろうか。ウメさんと会えずに亡くなったお父さんは、夢の中でも登場できないんだろうか。でも、夢の中なら、元気なお父さんが赤ちゃんのウメさんを抱っこすることだってできたりして。ウメさんは双子の赤ちゃんと会えるかな。赤ちゃんはどちらも大きくなって、おしゃべりができるだろうか。ありえないことが、夢ならありうる。それでいい。それがいい。そうしよう。ウメさんの八十八年の生涯で、楽しかった思い出をぜんぶ、夢の中でたどっていけるといい。おだいりさまの力で、それ、なんとかならない？

室温や湿度が調整された介護室は、春のような暖かさだった。

壁際に置いた椅子に座って、ベッドを囲んでいるおばあちゃんやおじいちゃんやパパやママを見ていると、頭がぼうっとしてきた。

ゆうべから緊張していた。早めにベッドに入ったのに、なかなか寝付けなかった。パパの運転する車の中でも、ウメさんが起きていてほしいという思いと、目が覚めていたらなにをしゃべればいいんだろうという思いが入り交じって、緊張は高まる一方だった。

でも、結局ウメさんは眠ったままだったし、しばらくすると雰囲気にも慣れて、緊張もほぐれてきた。「立ったままだと疲れるでしょ、少し休んでなさいよ」とママに言われて椅子に腰かけたのが、よくなかった。座っていると、だんだん眠くなってきた。こんなときに居眠りなんてだめじゃん、と自分を叱っても、とにかく部屋が暖かくて気持ちいい。ウメさんの容態も急変しているわけではないので、介護室は穏やかな静けさに包まれて、ぼそぼそと話すおばあちゃんやパパの声も加湿器の出すほの白いスチームにやわらかく溶けて……。


ウメさんがいた。

いまより少し若いウメさんが、ふかふかしたタオルに包まれたものを両手で胸に抱いて、こっちを向いている。

隣には、おばあちゃんがいた。おじいちゃんもいた。反対側の隣は、ママだ。写真だろうか。みんな止まっている。みんな笑っている。そしてみんな、いまより少し若い。ウメさんも含めて、揃って同じ長さの時間を巻き戻したようだった。

いつぐらいだろう。おじいちゃんに髪がけっこうあるし、ママもわりとスリムだから、四、五年という感じじゃなくて、もっと前……十年とか、もうちょっと……。

「はい、撮るよっ」

パパの声が聞こえる——と同時にカメラのシャッター音が響く。

映像が動いた。みんなの表情がほっとゆるんだ。そこにまた、パパの声がする。

「ごめん、もう一枚」

ああそうか、みんなで写真を撮ってるんだな。パパはカメラマンなんだ。

「おばあちゃん、もうちょっとだけ、こっちに向けてくれる？　おくるみに隠れて顔が見えないんだ」

おくるみ――。

赤ちゃんの――？

ってことは……。

ウメさんは、「あらあら、ごめんなさい」と照れくさそうに笑う。そうだ、ウメさんはこんな声だった。最近はずっと眠っていたから忘れていたけど。

ママがウメさんの前に回り込んで、おくるみをちょっと開くような感じにした。

赤ちゃんの顔が見える。

もうわかる。

わたしだ。

生まれて間もないわたしを連れて、初めてみんなでウメさんのウチを訪ねたときだ。

「じゃあ、もう一回いくよ。はい、おばあちゃん、待ちに待ったひ孫を抱いて、にっこり、どーぞっ」

ウメさんが笑う。うれしそうに、幸せいっぱいに笑う。

シャッター音が響いて、また映像は止まる。

そう、この顔。この瞬間。同じ写真は、クラウドに上げてあるので何度も見たことがある。でも、いまのほうがもっとうれしそうに、幸せそうに見える。

それがわたしもうれしくて、幸せで……だから、急に悲しくなって、泣きたくなって……。


肩をつつかれた。

「ミカ、起きなさい、帰るよ」

ママの声で、あ、いま、寝てたんだ、と気づいた。

介護室には、さっきと変わらない穏やかな静けさが漂っていた。

おばあちゃん以外の家族は、もうウメさんとは会えないかもしれない。その思いを胸に、ゆっくりと時間をかけてお別れをしたからだろう、みんなすっきりした顔をしていた。目を赤く潤ませたおばあちゃんも、わたしに「ごめんね、疲れちゃったよね」と笑って声をかけてくれた。

「よし、じゃあ、ひいおばあちゃんにあいさつしなさい。また来るね、って」

パパに言われて、ウメさんのベッドの脇に立った。

「さよなら」じゃなくて「また来るね」――パパって意外と優しいんだな。最近あまり話してないけど、ちょっと見直した。

でも、わたしは別の言葉をつかうつもりだ。

ワゴンの上のおだいりさまをちらりと見た。色褪《あ》せて薄れた目鼻でも、すまし顔だというのはわかる。でも、口は、微妙に笑っているようにも見える。

ウメさんにあいさつする前に、おだいりさまに小さく、まわりの誰にもわからないようにおじぎをして、心の中でお礼を言った。最後の最後に、最高の思い出をつくってくれた。古い人形には魂が宿る。絶対に、そうだね。

ウメさんを見つめた。酸素マスクはゆっくりとしたテンポで、白く曇ったり透明になったりを繰り返す。

おばあちゃんが「ミカちゃん、よかったら手をさすってあげて」と言った。もちろん、言われなくてもそうするつもりだった。

ウメさん――。

呼び方、変えるね。いまなら、やっと、そっちのほうがしっくりくる。

カサカサになった手の甲をさすりながら、言った。

「ひいおばあちゃん……」

わたしとつながっている、大切な人。

「ひいおばあちゃん……ありがとう……」

眠りつづけるひいおばあちゃんに代わって、おばあちゃんのすすり泣きが聞こえる。ママもハンカチを目にやった。パパとおじいちゃんは黙って天井を見上げていた。

ひいおばあちゃんから手を離した。

おだいりさまに目を移した。

衣裳がボロボロに擦り切れて、カビと埃ですっかり黒ずんでしまったおだいりさまは、すまし顔のまま、ひいおばあちゃんを見つめていた。

こいのぼりのサイショの仕事

ぼくたちは今年も留守番だった。

二年連続だ。

もともと、こいのぼりのナイショの仕事はおとなだけのもので、子どものこいのぼりは竿《さお》につながれたまま留守番するのだと決まっている。それはわかっているけど、去年も今年も「手伝わせてください」と校長先生にお願いして、やっぱり断られた。ダメで元々とはいえ、二年続けて却下されると、ちょっと悔しい。

今夜、希望ヶ丘《きぼうがおか》にいるおとなのこいのぼりはそろって竿から離れ、夜空に泳ぎだした。ぼくたちのいる小学校の校庭からは見えないけど、いまごろみんなは、去年と同じように町じゅうの子どもたちを背に乗せて、夜空を楽しく泳いでいるのだろう。

もっとも、去年とは違って、今年は子どもたちが家の中に閉じこもっているわけじゃない。小学校ではふつうどおりに授業がおこなわれているし、昼間のうちに校長先生に挨拶に来たツバメさんによると、商店街もそれなりににぎわっているらしい。

じゃあ、子どもたち全員を空で遊ばせなくてもいいのに――。

あんまり甘やかさないほうがいいんじゃないのかなあ――。

ぶつくさ文句をつけていると、ぼくのすぐ下につながれた相方が声をかけてきた。

「今年の子どもたちも、去年とはまた違う意味で大変なんだから、そんなこと言わないであげてよ」

さらに、「ワガママ言ってもしょうがないじゃない、そういう決まりなんだから」と、年下の子を教え諭《さと》すみたいに言う。

いつものことだ。もともとは同じ一年生のはずなのに、六年生みたいにお姉さんぶっている。

「だって――」

ぼくは言い返した。「世の中ぜんぶ、いままでの決まりが通用しなくなってるんだから、ぼくらの仕事だって変わっていいと思うけど」

でも、女子は「はいはい」と軽くいなして続けた。「どうせ来週には片づけられちゃうんだから、今年みたいなときによけいなことをするより、来年に期待したほうがいいんじゃやない?」

「じゃあ、来年は、少しはよくなるわけ?」

「……わかんないけど」

話をごまかしたのではなく、ほんとうに自信なさそうに、言った。

だよなあ、とぼくも認める。

去年はひどかった。一年ぶりに小学校の校庭に揚げられた四月の終わりから、体育館の倉庫室にしまわれた五月半ばまで、学校も、希望ヶ丘の町も、ずっと静まり返っていた。

今年の四月、ぼくたちはまた外に出された。さすがに一年もたてばだいじょうぶだろう、と期待していたのに——だめだった。

去年とは違う種類の静けさが、町じゅうにたちこめていた。

去年は大事なものをなくしてしまったような、ぽかんと穴が空いた静けさだったけど、今年は微妙に違う。色で言うなら、去年はなにもない真っ白で、今年は暗い灰色。大事なものが消えたあとの穴ぼこに、どろどろとした濁ったものが流れ込んでしまった感じだ。

「まあ、仕事はおとなたちに任せてればいいのよ。わたしたちがよけいなことをしたら、校長先生や保健室の先生にも迷惑がかかるかもしれないしね」

女子は、まじめな優等生——。

「迷惑なんてかけないよ……」

男子は、ちょっと意地っぱり——。

小学校の開校に合わせて地元の町内会からこいのぼりが寄付されたのは、三十一年前のことになる。そのときにぼくたちの「設定」が決められた。真鯉《まごい》は校長先生、緋《ひ》鯉《ごい》は保健室の先生、ウロコやひれが青く塗られた子どもの鯉は男子で、ピンク色のほうは女子。

その配役をベースに、貫禄たっぷりの校長先生と優しい保健室の先生、体育が大好きな男子に手先が器用な女子……みたいに、ざっくりとした性格が決められた。要するにキャラ設定されて、それが代々受け継がれたり、バージョンアップされたりして、いまに至る。

キャラを家族ではなく学校に当てはめたところは工夫を認めてもいいけど、それ以外の設定は、三十年以上前に始まっただけに、けっこう雑だ。

校長は男性で保健室にいるのは女性、男子の色は青で、女子の色はピンク、男子はワンパクで、女子はしっかり者で、ついでに、竿につながれる順番も、男が上で女が下……。

保健室の先生は毎年、校長先生の下につながれるたびに「今年もだめかあ」とがっかりしているし、ぼくもその気持ちはよくわかる。何年か前から、掃除をサボって女子に注意されてばかり、というキャラを設定されてしまった。でも、ぼく本人はきれい好きできちょうめんなんだけどな。女子も、ピアノを習っていて、ショパンが好きだというキャラを決められて、ほんとうは困っている。あいつは音楽よりも絵が好きで、楽器ならピアノよりもドラムス、音楽のジャンルはヒップホップなのだ。だいいち、仕事の肩書きや役割とか、性別で分けるだけで、名前も付けてもらえないのって、やっぱりおかしくない？

そんなわけで、ぼくと女子は、じつはお互いのことを秘密の名前で呼び合っている。毎年、校庭で遊ぶ子どもたちの会話から「いまはこの人が人気なんだな」という名前をもらうのだ。

今年のぼくは、レンゴク・キョウジュロウ——。

女子は、コチョウ・シノブ——。

校長先生にはナイショだ。だって、もしも教えたら、あのおじさんはマンガやアニメやゲームに厳しいから、絶対に叱られる。「学校のこいのぼりなんだから、教科書に出てくる名前にしなさい」なんて言いだして、ぼくたちは「イエヤス」と「ナイチンゲール」になってしまいかねない。

とにかく、ぼくはひどく不満だったのだ。

おとなたちと同じじゃなくてもいいから、なにか仕事をやりたくてしかたなかったのだ。

シノブがさっき言ったように、今年の子どもたちは、去年とは違う意味でなにかと大変だ。ぼくもわかる。そう思う。

だから、ほんとうに、子どもたちのためになにかをしたいのだ。

ゆうべ南の国から希望ヶ丘に帰ってきたツバメさんは、今日の午後、校庭を訪ねる前にグルッと回ってきた町の様子を、こんなふうに言った。

「今年の五月も、静かですね」

校長先生も「まったくだ」と天を仰ぐ。

「静かだし、あと……重くないですか、町の雰囲気」

校長先生は天を仰いだまま「わかるよ」と応《こた》えた。

「学校はもう、元通りに子どもたちが通ってるんですか」

「ああ。いつまでも休校にするわけにもいかんしな」

「ですよね。去年はほんとに、子どもも親も、学校の先生も、みんな大変でしたから……」

ツバメさんはぽつりと言って、気を取り直すように「じゃあ——」と、声を明るくした。「去年より多少は良くなった、と」

でも、校長先生は「いや……どうだろうなあ……」と返す。「確かに、休校よりはましかもしれんが、でもなあ……」

返事が煮え切らず、声にも元気がない。胴体が風をはらんでふくらんでいないせいだ。天を仰ぎ、口をぽかんと開けた姿は、なんだか人間に釣り上げられる寸前の真鯉が、力尽きて、ぐったりしているようにも見える。

今日の午後は風がまったくなかった。校長先生も保健室の先生も、ぼくたちも、竿に巻き付くように垂れ下がっていた。町にたちこめる空気にふさわしい、なんともしまらない格好だったのだ。

ツバメさんもまた声の調子を元に戻して、言った。

「さっき子どもたちを何人も見かけました。公園や商店街や、あと塾の自転車置き場でも、みんな、おとしまでと同じようにしゃべったり笑ったりしてるんです」

でも、と続けた。

「声が……もごもごしてるんです」

マスクのせいだ。

「公園で追いかけっこをしてた子も、マスクをしたままだと息が切れちゃうんでしょうね、すぐに立ち止まるんですよ。ほかの子に口元を見せないように、そっぽを向いて、マスクをはずすんです。でも、それも一瞬だけで、息継ぎをすると、すぐにマスクをつけて……」

わかる。学校でもそうだ。昼休みに校庭で遊ぶ子どもたちは、みんなマスクをつけている。校内放送では「マスクをはずさないように」というアナウンスが繰り返され、昼休みが終わると、そのアナウンスは「教室に入る前に手洗いをしましょう」に変わる。

給食の時間はどの教室も静かだし、音楽室から合唱の声が聞こえなくなって、すでに一年以上が過ぎている。

「でも、真夏にマスクをつけてると熱中症が心配ですね」

「ウイルスに感染するほうがもっと怖いということだ」

先週の職員会議でも大いに揉《も》めていた。「外にいるときはマスクをはずしてもいいんじゃないか」という意見と、「感染のリスクが増すほうが危険だ」と反対する意見とがぶつかり合った。多数決でマスク継続になったあとも、先生たちのグループは二つに分かれてしまって、どうもしっくりいっていない様子だった。

「また休校になるようなことは……」

「わからんよ、先のことはなにも」

どっちにしても、と校長先生は続けた。「まだしばらく……あと二、三年は元には戻れんだろう」

「そんなに、ですか」

「ああ。残念だが、その覚悟はしておいたほうがよさそうだな」

去年一年間、世界中を苦しめた未知のウイルスは、今年もまだ猛威をふるっている。

ただし、「未知」の割合はだいぶ減って、ワクチンも開発され、少しずつ日常を取り戻してきた国もあるらしい。

ツバメさんが南の国にいた頃に渡り鳥仲間から聞いた話だと、ある西の国では、ワクチン接種率が国民の六割を超えたのだという。もっとも、その国はいま、昔から仲が悪くて戦争や紛争を繰り返していた国々を相手に、攻撃したりされたりを繰り返している。ウイルスからワクチンで命を救われた人たちが、宗教だか領土だか知らないけど、自分たちの正義のためによその国の人たちの命を奪い、自分たちも死の恐怖にさらされるって……ワケわかんないんですけど。

でも、ぼくたちのいるこの国は、よその国を相手にゴチャゴチャやる余裕もなく、頭のいいはずの人たちがポンコツな失敗を何度も何度も繰り返したあげく、ずいぶん荒《すさ》んだ世の中になってしまった。

人が人を口汚くののしる。一つの失敗を、みんなで責め立てる。偉い人たちの嘘がまかりとおって、得をする人と損をしてしまう人の差は広がる一方だった。

ゆうべ商店街の電器店でテレビのニュースを観たというツバメさんは、真顔で言った。

「偉い人が自分の言いたいことを言ってる場面だけ、紹介するんですね」

偉い人が言葉に詰まる場面は決して報じられない。厳しい質問は最初から紹介されないので、その質問があったことじたい、テレビを観ている人にはわからない。

「あと、スポーツコーナーになると、別の世界に切り替わるんですね」

ウイルスの問題を深刻な様子で伝えていたキャスターが、スポーツコーナーに切り替わったとたん、急に元気が良くなる。夏に開かれる世界的なスポーツの祭典を盛り上げるために、明るく、朗らかに、溌剌《はつらつ》と——。

「希望ヶ丘に帰ってきたのは去年の秋以来ですけど、どうも、なんていうか……その……えーと……」

声をくぐもらせたツバメさんは、校長先生に「遠慮しなくていいぞ」とうながされ、少し申し訳なさそうに続けた。

「嫌な国になっちゃったなあ、って」

「ああ……」

校長先生は天を仰いだまま、尾びれを少しだけくねらせた。風がないので、それが精一杯の動きだった。

「まあ、この国だけの話じゃなくて、世界中が大なり小なり、嫌な流れになってるんでしょうけど」

「うん……」

「こんな世の中で、運悪くウイルスに感染して亡くなるのも悔しい話だし、あと、こんな世の中にいまから産まれてくる赤ちゃんも、大変ですよね」

ツバメさん自身、これから巣づくりをして子育てをするので、その言葉にはしみじみとした実感がこもっていた。

校長先生は「まあ、生き物はみんな、与えられた条件で生きていくしかないんだから」と言った。理屈としては正しくても、どこか投げやりで、建前っぽくて……体が大きなぶん、垂れ下がったままだと、自分の体の重さが負担になって、しんどかったのかもしれない。

昼間の校長先生とツバメさんの会話を思いだしながら、ぼくは体をもぞもぞさせた。

夜になって、やっと少しずつ風が吹いてきた。体をくねらせるぐらいはできるようになった。でも、泳ぎ出すには足りない。おとながナイショの仕事に取りかかる夜は、ぼくたちだって竿からはずれることができるらしい。風の強さと、あと、子どもたちのために、という思いの強さがあれば。

なにかやりたい。おとなしく留守番するだけじゃなくて、なにか、ぼくのような子どもにもできることがあるのなら、ぜひ――。

その欲求不満がつのるせいか、さっきから体を小さく動かさずにはいられない。

真下にいるシノブには、さぞ目障りだろう。いつもなら、ぼくが必要以上に動いていると「うっとうしいなあ。ほんとにあんたって落ち着きがないんだから」と文句をつけてくるはずなのに、今夜は妙におとなしい。シノブはシノブで、なにか――ぼくと同じように、希望ヶ丘の子どもたちのためにできることはないか、と考え込んでいる……のだったら、いいのだけど。

沈黙が続いた。その静けさの重みから逃れたくて、ぼくはシノブに言った。

「これから、どうなっちゃうんだろうな」

答えが聞きたかったわけではないし、無視されるのも覚悟していた。ただ、なにかしゃべらずにはいられなかったのだ。

あんのじょう、シノブの返事はなかったけど、ぼくはかまわず話を続けた。

ウイルスは、これからどうなっていくのだろう。いまは幸いにして、赤ちゃんや子どもに対して特に強い感染力を持っていたり、重症化したりという特徴はなさそうだ。でも、ウイルスはどんどん変異して、新しいものに置き換わっていく。もしかしたら、子どもを中心に感染して、赤ちゃんの命を次々に奪っていく変異ウイルスができてしまうかもしれない。

もっとも、ウイルスそのものに対しては、ぼくは人類の科学の力を信じている。ワクチンがちゃんと行き渡ってくれれば、なんとかなるんじゃないか――それすらうまくいっていないのが、この国の大問題なんだけど、とにかくワクチンはあるわけだし、開発をさらに進めれば効果や安全性も高まるはずだから、やがては、ウイルスをそれほど怖がらずにすむ日が来るだろう。来てほしい。来なくちゃダメだよ。

でも、ぼくがもっと心配しているのは、別のこと——人のココロ。

ウイルスに世界中が苦しめられるようになって一年以上がたった。みんな、ひどく疲れて、いらだっている。ツバメさんが話していたとおり、町の空気がほんとうに重い。

ぼくたちこいのぼりが外に出るのは一年ぶりだし、ツバメさんも七ヶ月か八ヶ月ぶりに希望ヶ丘に帰ってきた。間が空いているからこそ、去年と今年の違いがよくわかるのだ。

「……そうだね」

初めて、シノブが返事をした。「わかりたくなくても、わかっちゃうよね」

寂しそうに笑ったシノブに、ぼくは訊《き》いてみた。

「去年より今年のほうがよくなってる？　悪くなってる？　どっちだと思う？」

「キョウジュロウくんは？」

逆に訊き返された。

昼間ツバメさんに同じようなことを質問された校長先生は、言葉を濁していた。

でも、ぼくは、きっぱりと言った。

「オレは、悪くなってる、と思う」

認めたくないけど、しかたない。

するとシノブも、ぼくが正直に答えたからだろうか、「わたしもそう思う」と、すぐに返した。「雰囲気悪くなってる、絶対に」

シノブも同じように感じていたので、少しほっとした。でも、よかった、と思っていいのかどうか、わからない。

去年と違って、今年の小学校には子どもたちの姿がある。歓声も確かに聞こえる。でも、マスクでくぐもった声に耳をすますと、誰かをののしったり、あざけったり、傷つけたりする言葉が意外とたくさん交じっていることに気づく。鼻から下がマスクで隠されていると、表情がわからない。たとえ目元が笑っているように見えても安心できない。じつは顔をゆがめて、泣きたいのをこらえている子だっているはずだし、その割合は、もしかしたら——想像しているよりもずっと多いのかもしれない。

「じゃあ、今度はわたしね」

「え?」

「先にキョウジュロウくんが質問したから、次はわたしの番だよね?」

え、でも、さっきは逆質問だったから、実質、シノブちゃんが二回連続になっちゃうじゃん……とツッコミたかったけど、理屈の言い合いになったら勝ち目はない。ぼくたちは、とにかく、そういう設定なのだ。

しかたなく、「じゃあ、いいよ、なに？」とうながした。

「キョウジュロウくんは、来年はどうなってると思う？　今年より、少しはよくなってるかな。それとも、今年と変わらないか、あと、今年よりもっと悪くなってるか……」

そんなの訊かれても困る。

答える前から、もう、わかっている。

最初は黙り込んでしまおうかと思ったし、さっきのお返しで「シノブちゃんは？」と逆質問してもよかった。

でも、ぼくは、今度も正直に言った。

「悪くなってる、と思う」

「……そう？」

「うん。ワクチンが行き渡って、ウイルスのほうはなんとかなるかもしれないけど、みんなのココロは……去年とか今年、ボロボロになって、傷だらけになって……来年になっても治らないと思うし、もっと傷が深くなってるかもしれなくて……」

ぼくたちは、あと数日で今年の出番を終える。体育館の中の倉庫室にしまわれて、来年の初夏を待つ。来年の四月の終わり、世界はどうなっていて、この国はどうなっているのか。それを楽しみにして眠りに就くことは、残念だけど、できない。

シノブも「だよね」と言った。「わたしも同じだし、校長先生や保健室の先生も、きっとそうだと思う」

よかった。よくないけど、よかった。シノブも同じ考えだったことが、うれしい。

ほっとした瞬間、昼間のツバメさんの言葉がよみがえった。

こんな世の中にいまから産まれてくる赤ちゃんも、大変ですよね――。

ツバメさんは、確かにそう言っていた。

ひらめいた。

これだよ、これ――ぼくたちのサイショの仕事が、決まった。

「シノブちゃん」

「なに?」

「今度、風が強くなったときに、力を入れて動いてみない?」

そうすれば、ぼくたちは竿からはずれて、自由に泳げるかもしれない。

「でも、風だけじゃダメでしょ」

「それはわかってる」

でも、おとなたちのナイショの仕事に負けないほどの大切な仕事があるなら――。

神さまがそれを認めてくれて、「よし、行っておいで」と言ってくれるなら――。

ぼくたちは夜空に泳ぎ出せる。

「なにか考えたの?」

「うん、考えた」

「どんなこと?」

「すごく、大事なこと」

もったいぶって、すぐには教えなかった。ずっとシノブより年下キャラだったぼくが、初めて、あいつに追いついた。もしかしたら超えちゃったかも。

シノブは「へえーっ」と言った。驚いてはいたけど、半信半疑――正確には、三信七疑ぐらいだろうか。

「ねえ、教えてよ」

「うん……」

「もし、それがすごく大事な仕事だったら、わたしもやりたいし」

シノブはそう言って、尾びれをはためかせた。バサバサッと、いい音になった。

おとなのこいのぼりは、自由に外で遊べない子どもを背に乗せて、夜空を泳ぐ。

いつもの年は、大学病院の小児病棟に入院中の子どもたちを乗せる。

去年は特別に、ウイルスのせいで家から出られなくなった町じゅうの子どもたちも夜空で遊ばせた。

今年もまた、希望ヶ丘の子どもたちは全員誘われた。校長先生は子どもたちに「マスクをはずしていいんだよ」と言ってあげるのだろう。確かに夜空は校庭よりうんと広いから、ウイルスが感染する「密」の距離にはならないはずだ。マスクなしの歓声は、甲高くてキンキンして、耳にはうるさいけど、胸には心地よく響くだろうな、きっと。

そして、ぼくは——。

「自由に外に出られない子どもって、ほかにもいるよ」

ツバメさんと校長先生の昼間の会話が、すごく大きなヒントになった。

「どこに？　どんな子？」

シノブに訊かれて、待ってました、と勢いよく答えた。

「お母さんのおなかにいる赤ちゃん！」


これから産まれてくる子どもたちも、いまはまだ外に出られない。

しかも、赤ちゃんを待ち受ける外の世界は、いま、とんでもないことになっている。

だから——。

「オレ、もうすぐ産まれてくる赤ちゃんを背中に乗せて、泳ぎたい」

希望ヶ丘の町を見せてあげたい。

この世界を、見せてあげたい。

「見せて、どうするの?」とシノブが訊いた。

「教えてあげるんだ」

「なにを?」

「この世界のこと」

「いま、すごく大変なんだよ、って?」

シノブはあきれたように言う。「そんなの教えてあげると、おせっかいだし、かえって逆効果じゃないの?」

大変だとわかっている世の中に、わざわざ好きこのんで——。

「わたしが赤ちゃんなら、嫌だなあ、産まれたくないなあ、って思うかも」

わかる。ぼくが赤ちゃんでも同じかもしれない。

半分納得しながら、続きの言葉を考えないまま、「でも——」と言い返した。

すると、そのあとは、言葉がするすると勝手に、驚くほど勢いよく口をついて出た。

「大変だよ、大変だけど、おいでよ、って……オレたちみんな、きみのことを大歓迎するから……安心して出ておいでよ、産まれてこいよ、って言いたいんだよね」

「大歓迎されても、大変なことは変わらないんじゃない?」

「うん、変わらない」

これも自分でも驚くほど、素直に返せた。さらに続けて、考えるより先に、言葉が出た。

「大変だけど、大歓迎する」

「そんなの、意味ないんじゃない？」

「――ある」

すぐさま、断言した。考えたわけではなくて、でも口から出任せとも違って、胸の奥から、理屈を考える頭の中を通らずに、じかに声になった。

「ひとりぼっちじゃないから」

続けた。

「ひとりぼっちにしないから」

もう一言――。

「こいのぼりとか、ひな人形って、子どもをひとりぼっちにしないためにいるんだよ。オレたち、みんな」

胸の奥から出た声は、そこで止まった。言葉や理屈は頭の中から出てきているのかもしれないけど、まだ追いつかない。

最後に、濡れたタオルの水気を切る仕上げの一絞りのように、声が出た。

「……シノブちゃんも行かない？」

返事はない。

しばらく待っても、シノブは黙ったままだった。

やっぱりダメだったか、とあきらめかけたとき――。

「ゆーっくり数えて」

シノブが言った。「ゆーっくり数えて、十九のところで、風が強く吹くから。それに合わせて胸のところから思いっきり身をくねらせてみて」

驚くぼくが訊き返す間もなく、「いーち、にーい……」と数えていく。

シノブは、風が強くなるリズムを知っているのか。ぼくの考えた、「子どもたちのために」の思いが神さまに合格をもらえることも、知っているのか。すごいな、女子。

「……じゅーなな、じゅーはち……」

じゅーく、で身をくねらせると、それに合わせたように、びゅうっ、と風が強く吹いた。

竿から、はずれた。

ぼくは夜空に泳ぎだした。

ふと下を見ると、シノブも、いた。

「もうすぐ産まれる赤ちゃんだったら、大学病院の産科病棟にいるから」

そう言って、すいすいと夜空を泳いで、ぼくの前に出た。

「あと、希望ヶ丘には産婦人科医院がいくつもあって、明日産まれる予定の赤ちゃんが何人もいるはずだから、あとでグルッと回って声をかけようね」

「……うん」

「じゃあ、ついてきて」

ちょっと待てよ、これ、オレのアイデアなんだけど、なんでそっちが仕切ってるんだよ、と文句をつけたい。

でも、そういうキャラ設定になってるんだろうな、オレたちって。

まあいいか。悪くない気分だし。

ぼくは苦笑して、シノブのあとについて夜空を泳ぐ。

シノブは泳ぎながら、ちょっとだけ後ろを振り向いて、ぼくに言った。

「キョウジュロウくんって、意外といい奴なんだね」

「――え?」

「さっきの熱弁、カッコよかったよ」

「――は?」

「産まれてくる赤ちゃんを……ひとりぼっちにしないからっ」

芝居がかった大げさな言い方をして、「カッコいいっ」とからかって笑う。

なんだよ、それ、とムッとした。

でも、シノブは顔を前に戻す直前、聞こえるか聞こえないかの、ぎりぎりの声で言った。

「好きになっちゃった」

え？

ほ？

って？

そういうキャラ設定……だったっけ、オレたち……いや、よくわかんないんですけど、はい、てか、うわ、なんか、その……。

混乱するぼくにかまわず、前を向いたまま、シノブは言った。

「もうすぐ産まれる赤ちゃんが希望ヶ丘の小学校に入って、わたしたちと再会するまで、あと七年だよ」

「……あ、うん、そうだよな」

「七年後の世界、よくなってるといいね」

ぼくも、そう思う。

「みんな、マスクなしで笑えて、もっと、もっと、優しくなってるといいよね」

シノブは尾びれをくねらせて、スピードを上げた。

ぼくもあとを追う。

夜空をふと見上げると、ぼくたちのサイショの仕事を応援するように、雲はすべて脇にどいて、満天の星がまたたいていた。

かぞえきれない星の、その次の星

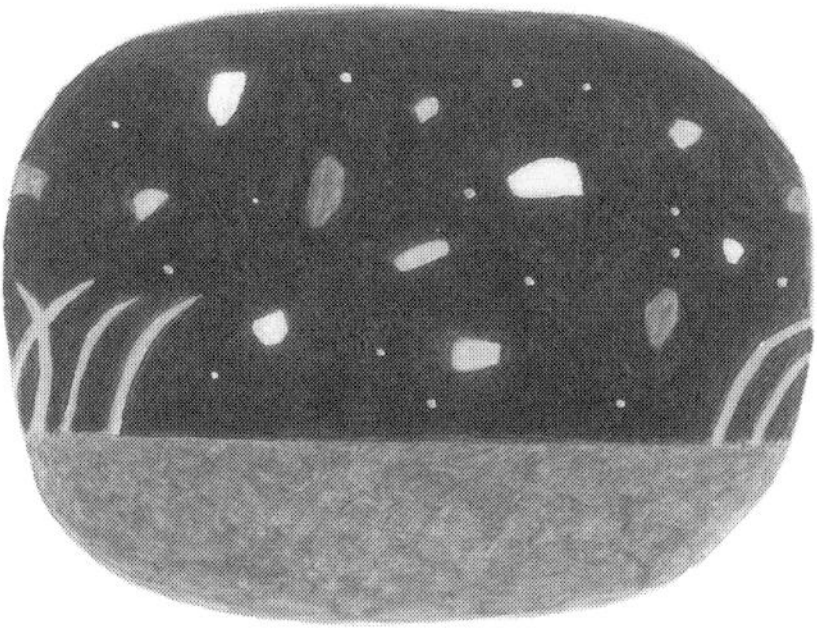

気がつくと、ぼくは砂漠にいた。

夜だった。空にはかぞえきれないほどの星が光っていた。月も出ていた。まんまるな月が夜空のてっぺん近くに、ぽっかりと浮かんでいる。

その月と星に加え、砂漠の砂の色が白っぽいせいもあるのだろう、明かりがなくても周囲を見るのになんの不自由もない。

どうしてこんなところに来てしまったんだろう……と思いながら、あてもなく歩いていたら、おじさんの姿を見つけた。

砂漠はあちこちで波打つように盛り上がっていて、おじさんは、その波がしらの一つに座っていた。一人だった。ぼくが声をかける前にこっちを振り向いて、やあ、と軽く手を挙げて笑った。

見渡すかぎり、ほかに人影はない。おじさんはひとりぼっちで砂漠にいて、そこにぼくがいきなり現れたというのに、驚いた様子はまったくなかった。ぼくが来るのを最初から知っていたみたいに。

「こっちにおいで」

おじさんはぼくを手招いて、自分の隣を指差した。

「椅子やシートはないけど、さらさらした砂だから汚れたりしないし、お尻の感触もなかなか気持ちいいぞ」

言われたとおり砂の上に直接座ると、ほんとうだ、きめの細かな乾いた砂はお尻の形にきれいにへこんで、すっぽりと包み込んでくれた。

「中学一年生だろう?」

「……はい」

答えたあと、ああそうか、ぼくはいま制服を着ているんだ、と気づいた。

名前も言い当てられた。でも、どこでわかったんだろう。制服に名札はついていないし、ほかに持ち物はない。

「コウキくんだ」

「痛かったか」

そう訊《き》いたあとで、おじさんは、「違うな、その前なんだな」とつぶやき、「怖かったか」と質問を変えた。

意味がよくわからないでいるぼくの反応に、おじさんは「もっと前か」とつぶやいて、さらに問い直した。

「びっくりしたか、いきなりトラックが出てきて」

それで記憶がよみがえった。思わず肩がピクッと跳ね上がり、うめき声も出てしまった。

四つ角だった。横断歩道を渡っていたら、左から走ってきたトラックが、ブレーキもかけずに迫ってきて――。

「トラックの運転手は前をよく見ていなかった。スピードも出しすぎだった。でも、コウキくんも悪かった。横断歩道の信号、赤だったんだぞ。覚えてるか？」

ぼくは少し迷いながら、小さく、斜めにうなずいた。はっきりとは覚えていない。でも、言われてみれば、歩行者用の信号は赤だったような気がする。

「考えごとをしていたんだよな」

「……はい」

「交差点のだいぶ手前から、ずーっと、一人で考え込みながら歩いていたんだ。そうだろう？」

「……そうです」

まわりの景色は目に入っていても、しっかりとは見ていなかった。そんな余裕はなかった。頭の中は「あのこと」で一杯になって、「あのこと」がぐるぐるぐるぐる巡りつづけ、耳の奥に残っていた声が小さくなったり大きくなったりを繰り返して、トラックが鳴らしたクラクションも、最後の最後、目の前が真っ暗になる直前まで聞こえなかった。

記憶がさらによみがえる。「あのこと」が生々しく胸に迫ってくる。さっき交通事故を思いだしたときには肩が跳ね上がったけど、今度はむしろ逆に、おなかに重石《おもし》が載せられたみたいに、ずしんと沈み込んでしまう。うめき声が漏れるのではなく、声がつっかえてしまって息苦しい。

おじさんは「しんどかったな」と言った。優しい言い方ではなかった。慰めてくれたわけではないのだろう。ただ、「あのこと」を知っているんだな、というのがわかっただけで、少し気が楽になった。

「おじさんは、ぼくのこと、なんでも知ってるんですか」

「まあ、だいたいは」

「なんで?」

「なんでって言われても困るんだけど、勝手にわかるんだ。そういう仕事だからな」

「仕事?」

「おじさんは、きみを、元の世界に送り返さなきゃいけない」

「元の世界って?」

「きみが交通事故に遭う前にいた世界だ」

「それって――」

マンガやアニメや小説でよくある、死んだはずの主人公が生き返るということなのだろうか。

「ぼく、いま、死んでるの？」

おじさんは黙って夜空を見上げた。「そうだ」とも「違う」とも答えず、代わりに、「あのこと」について、ぽつりと言った。

「シュウヘイくん、笑ってたな」

ぜんぶお見通しなんだな。もう驚かない。話が先に進むにつれて、ぼくは追い詰められてしまうだろう。わかっている。でも、おじさんがぜんぶ知っているのなら、ぼくは隠したりごまかしたりしなくていい。それだけでも、ほっとする。

「笑ってたけど……泣いてた」

ぼくの言葉に、おじさんは夜空を見上げたまま「そうだな」とうなずいて、話のバトンを受け取ったみたいに、自分で続けた。

「笑いながら泣いてて、心の中では、もっと泣いてた」

「……はい」

「わんわん泣いてた」

ぼくも、そう思う。

「泣きながら、助けを求めてた」

わかっていた、ぼくだって。

やめろよお、やめろって、マジやめろって、シャレになんないって、うひゃあ、マジかよお、ちょっと待って、マジ待って、だめじゃん、やめろって……。

シュウヘイの声がよみがえる。あいつは確かに笑っていて、確かに泣いていて、確かに助けを求めていた——黙って見ているだけだったぼくに。

＊

シュウヘイは明るくて陽気なヤツだった。中学校に入学した直後から、ぼくたち一年A組のいじられキャラとして人気者になった。あいつをからかったりツッコミを入れたりすると、教室がドッと沸いて盛り上がる。あいつもウケを狙って、自分からボケて笑いを取ることも多かった。

四月の頃はそれでよかった。複数の小学校から集まったぼくたちは、最初はみんな人見知りしてしまって、なかなかクラスでまとまることができなかった。でも、シュウヘイをいじってみんなで笑うと、緊張がほぐれる。休み時間には自然とシュウヘイのまわりにみんなが集まってきて、シュウヘイを中心におしゃべりの輪ができる。そうやって一年A組はクラス全体が仲良くなって、五月半ばにおこなわれたクラス対抗の球技大会ではチームワーク賞も獲得したのだ。シュウヘイのおかげだ。絶対に。

校長先生からもらった表彰状を全員で回した。シュウヘイのところで、隣の席のフジタがウケ狙いで順番を抜かした。両手を伸ばして受け取ろうとしていたシュウヘイは、みんなの期待どおりにガクガクッとずっこけて椅子から床に転げ落ちて、教室を沸かせた。シュウヘイはそういうヤツで、みんなを笑わせながら、自分が一番おかしそうに笑うヤツだったのだ。

球技大会のあと、しばらくたって、中学生になって初めての試験――一学期の中間試験があった。中間試験では一人ずつの順位が出る。ぼくは、学年で百二十人中五位、クラスでも二位だったから、まあ、よかった。でも、小学生の頃に塾で模試を受けたときとは違って、友だち同士で成績を見せ合ったりはしなかった。中には、予想していたより成績が悪くてショックを受けてしまい、口数が急に少なくなったヤツもいた。シュウヘイはあいかわらず陽気に「うへーっ、九十二位だって、オレ、バカだったの?」と自分から成績を明かしたけど、教室はそれほど盛り上がらなかった。むしろ逆に、ムッとしたような冷ややかな反応が教室に漂った。なんかこいつ、うるさくてムカつくなあ――ぼくも、本音の本音では、そういうことをチラッと思ったのだ。

その頃から、シュウヘイのいじられ方が変わった。みんなの言うことやることがキツくなってきた。ツッコミがとげとげしくなって、からかうときも、面白がるというより、バカにして見下すような言い方が増えた。言葉でいじるだけでなく、小突いたり軽く蹴ったりというのも交じるようになった。

六月の後半になると、シュウヘイをしつこくいじるメンバーが決まってきた。フジタとワタナベとスガノとヤジマとイシイ——いつも一緒にいる五人組だ。フジタとワタナベが取り仕切って、あとの三人に「おまえらも来いよ」と命令する。でも、フジタもワタナベも、クラス全体にイバっているわけではない。順序をつけるなら、上のグループの下のほうにいる二人だ。自分より上の連中の前では小さくなって、コソコソして、その埋め合わせをするように下の連中をバカにして、イバって、いじる。

シュウヘイは、グループ分けするなら、下のほうの、かなり下になる。最下位かもしれない。でも、そのポジションにいるからこそ、ボケて、いじられて、人気者になっていたのだとも思う。シュウヘイも自分の位置をよくわかっていて、そこで居心地良く過ごすために、いじられ役を自分から引き受けていたのかもしれない。

とにかく、フジタやワタナベにとって、シュウヘイは遠慮なくいじれる相手だった。

二人はシュウヘイをいじりながら、「親友だよな」「友情だろ?」と繰り返していた。シュウヘイに向かってというより、教室にいるみんなに聞こえるように、大きな声で。

「親友」も「友情」も、小学生のときにはとても大切で素晴らしい言葉だと思っていたのに、いまは、ひきょうな言い訳にしか聞こえない。ぼくはもう、好きな言葉を訊かれても、この二つを挙げることはないだろう。

＊

「ちょっと教えてくれないか」

おじさんは言った。

「『いじめる』と『いじる』って、どこがどう違うんだろうな」

答える前に、質問されたことじたいに驚いた。だって、ぼくはいま、一年A組の教室の様子を説明していたわけではない。四月からの出来事が切れ切れに浮かんでいても、それは自分で思いだしていたものなのかどうか、よくわからない。走馬灯のように……という感じが一番近いだろうか。おじさんもその走馬灯を一緒に見ていたのかもしれない。

「『め』があるかないか、だけだよな」

「……はい」

「おじさんの若い頃にはそんな言い方はなかったから、教えてほしいんだ。やっぱり違うのかな、その二つは」

ぼくは小さくうなずいた。あまり自信はなかったので、「はっきり決まってるわけじゃないと思うけど」と前置きしてから、自分なりに考えていることを言った。

「いじめは絶対によくないけど、いじるのは笑えるっていうか、面白いっていうか」

「ウケるってこと?」

「まあ、そんな感じで……」

「じゃあ、ウケてれば、いじめにならない?」

「あ、でも……っていうか、やっぱり……」

「なる?」

「はい……すみません」

だよな、とおじさんは笑った。ほんとうは最初から答えを知っているのかもしれない。ぼくに考えさせて、困らせて、間違っていることを嚙《か》みしめさせるために、あえて質問したのだろうか。

学校の先生や両親にそんなことをされたら、絶対にムカつく。やめてよ、意地悪なことしないでよ、と怒って文句を言うだろう。

でも、いまは、おじさんがほんとうに答えを知っているのなら教えてほしかった。

「シュウヘイ、なんで笑うんですか。あいつ、嫌がってるのに、笑ってるんです」

だからずっと、いじめられていても、いじられているままだった。フジタやワタナべはシュウヘイが笑っているうちはだいじょうぶだと思って、たかをくくって、どんどんひどいことをするようになった。

もしもシュウヘイが本気で嫌がって、本気で怒って、本気で助けを求めていたら——。

「彼が笑っていなかったら、きみはどうした？　助けた？」

ぼくの思いとタイミングを合わせたように、おじさんが訊いた。

ぼくはうなずいた。はい、と答えた。でも実際には、首はぴくりとも動かず、返事は声にならなかった。

おじさんは「難しいよな」と笑って、続けた。

「みんな嘘つきなんだ」

「……みんな、って？」

「俺たちみんな、人間みんな、だ」

「……人間、みんな、嘘つきなんですか」

「だってそうだろ。人間以外の生き物は嘘なんかつかない。この地球で、嘘をつきながら生きているのは人間だけだ」

地球とか生き物とか、話が急に大きくなってしまったので、どう応《こた》えていいかわからずにいたら、おじさんが不意に夜空を指差した。

流れ星が見えた。アナログ時計の文字盤で言うなら10あたりの高さから、しゅうっと尾を引いて夜空を滑り落ちていき、地平線に着く前、8と7の間で消えた。

おじさんは、よっこらしょ、と立ち上がる。座ったままのぼくに目をやって「一緒に来るか?」と訊いた。

「どこに行くんですか?」

「あっち」

流れ星の見えた方角に顔を向け、「拾いに行くんだ、いまの流れ星を」と言った。

「落ちてるんですか?」

たしか、流れ星は大気圏で燃え尽きてしまうはずだけど。

「かけらがある」

「そうなの?」

「ああ。素人《しろうと》にはなかなか見つけられないんだけどな」

「おじさんは——」

「おじさんの仕事は二つあるんだ。一つは、さっきも言ったけど、きみのような迷子を元の世界に送り返すこと」

そうか、ぼくは迷子なんだな。

「もう一つが、星のかけらの収穫だ」

「収穫……って、農業の？」

「たとえ話だけど、まあ、そういうことだ」

おじさんは、さあ立って、とぼくに手振りでうながした。「続きは歩きながらだ」

「歩いて行けるんですか？」

「意外と近いんだ。それに、近いとか遠いとか、時間が何分とか、そういう感覚はここにはないからな」

「どこに落ちたか――」

「だいじょうぶ、行けばわかるんだ」

おじさんは歩きだした。ぼくもあとにつづいた。立ち上がったときはそうでもなかったけど、歩いてみると、体の重みがほとんど感じられないことに気づいた。ふわふわと前に進む。ぼくの体だけでなく、景色そのものも進む。空港にある動く歩道の上を歩いているみたいだ。これなら少しぐらい遠くてもあっという間に着くだろう――いや、距離や時間の感覚はないんだっけ、この世界には。

「星は熟すんだ」

歩きながら、おじさんは言った。「リンゴやブドウと同じだよ」

くだものは、実って、熟す。星もそう。熟したくだものは、やがて木から落ちる。星も夜空の梢《こずえ》から落ちて、流れ星になる。

「それを拾うから、収穫って言ったんだ」

「拾って、食べるんですか?」

あははっ、とおじさんは笑った。

「そこは、くだものとは違うな」

「じゃあ、どうするんですか?」

「書くんだ」

「——え?」

「おじさんのもう一つの仕事は、収穫した星のお話を書くことなんだよ」

夜空から落ちてきた星のかけらをもとに、お話を書く。

「星のかけらには、さみしさが埋まってる。それをそーっと、ていねいに掘り出していって、お話にするんだ」

「さみしさなんですか? ぜんぶ?」

「ああ。ここは、そうだ」

おじさんは「ここ」のところで頭上の空を指差した。「ここにある星は、ぜんぶ、さみしさでできてる」

「……別の夜空もあるんですか?」

「いいことを教えてやろうか」

おじさんは急に声をひそめ、片手をメガホンの形にして口元に添えて、言った。

「夜空なんてないんだ」

「――え？」

「いま、コウキくんは夜空を見てるよな」

「ええ……」

「おじさんも見てる。でも、俺たちが見てるのが同じ夜空かどうかなんて、ほんとうは誰にもわからない」

「でも、月の高さとか、星の並び方とか、雲のかかってる場所とか……」

「同じ楽譜を演奏しても、音楽は人それぞれだ。すべてが同じに聞こえるわけじゃない」

かなり強引な理屈のような気がしたけど、おじさんはぼくが「でも――」と言いかけるのと同時に続けた。

「みんな、自分はいま夜空を見てるんだと思い込んでる。でも、違うんだ。ほんとうは、自分の心を見てるんだ」

夜空をまた指差して、「これが、おじさんの心だ」と言う。

ごくあたりまえの星空――。

でも、満天の星はすべて、さみしさでできている。

それが、おじさんの心ということなのか。

「おじさんは……さみしいんですか？」

「ああ、さみしい」

迷いもためらいもなく、ごくあたりまえのことをさらりと告げるように、おじさんはうなずいた。

でも、自分についてては、そこまで。

「いろんな夜空があるんだ」と話を戻して、続けた。

「人の心はそれぞれ違う。だから、夜空の星も、人によってまったく違う」

すべての星に未来の希望が宿っている夜空もある。過去の悲しさの星がちりばめられた夜空もある。もう会えない人たちとの思い出の数々が星になって浮かんだ夜空もあれば、いまはまだ出会っていない人たちとの初対面の場面が刻まれた夜空もある。欲望や野望だらけの夜空だってあるし、どの星にも憎しみや恨みが染み込んだ夜空だってある。

「でも、たいがいの人が見上げる夜空は、そこまで極端じゃないんだ。幸せな星と不幸せな星が、うまいぐあいに交ざり合ってる。だからみんな、夜空を見上げて、いろんなことを考えるんだ。満天の星を見て元気になったり、勇気をもらったり、逆に泣きたくなったり、落ち込んだり……」

おじさんの話にはまったく現実味がなかったけど、最後のところは、なんとなくわかる気がする。ぼくもたまに夜空を見上げる。そのときの気持ちは、おじさんの言うとおり、日によって違う。「よーし、明日もがんばるぞ」と張り切るときもあれば、「あーあ、明日は学校に行きたくないなあ」とため息をつくときもある。

「最近はどうだった?」

おじさんが訊いた。ぼくの胸の内は、すっかり見抜かれていたようだ。

「最近は……」

「まあ、空なんて見上げてないかな」

「はい……そうです」

フジタやワタナベたちのシュウヘイへのいじりが度を越してきた、と感じた頃から――。

「それはそうだな、ずっとうつむいてるんだもんな」

これも見抜かれている。

うつむいていれば、シュウヘイがあいつらに囲まれているのを目の当たりにしなくてもいい。気づかなかったふりができる。え、そうだったっけ、オレ全然知らなかった、ごめん、とごまかせる。

でも、声は聞こえるのだ。やめろよ、マジやめろって、なんなんだよお、と笑いながら嫌がるシュウヘイの声も。親友だろ、友情でやってるんだから文句言うなよてめえ、と笑いながら脅すフジタやワタナベの声も。

「でも、見上げてたら、かえって困ってたかもしれないな」

なぜなら——。

「きみの夜空に浮かぶ星は、二種類しかないんだ」

きっぱりと言って、「どうしようと迷う星と、それでいいのかと自分を責める星の、二つきりだ」と続ける。

そうかもしれない。いや、きっと、間違いなく、そうだろう。

「キツいよなあ、ほんと、大変だ」

と言いながら、べつに同情しているようには聞こえない。

でも、おじさんは続けて、真剣な口調になって言った。

「だから、よかった」

「……そうですか?」

「きみは、まだ間に合う。だから、おじさんの夜空に迷い込んできた」

「あの……間に合う、って……」

おじさんはそれには答えてくれなかった。代わりに、「きみの夜空には、星がもう一種類あった」と言った。「きみもその星を見ていたはずだ」

三つめの星――。

「きみを甘やかして、言い訳をさせて、許してくれる星だ」

おじさんに言われて、ああそうか、とわかった。確かに気づいていた。三つめの星はぼくに向かって「ほっとけほっとけ。自分が直接かかわってないんだから、関係ないだろ」と言ってくれるのだ。「やめとけ。よけいなことをすると今度はおまえが狙われるぞ」と警告してくれるのだ。「だってシュウヘイ笑ってるだろ。意外と気に入ってる証拠だよ。マジに嫌だったら、もっと本気で嫌がって、キレるもんな。それをしないのは、あいつが悪いんだよ、自業自得だよ。そうだろ? なっ、そうだろ?」と、ぼくがうなずくまで、まくしたてるのだ。

「人間というのは、星に向かって祈りたがる。星に語りかけてもらおうとする。星に道案内を頼んだり、星に見守ってほしいと願ったりして……ときどき、間違える」

「星が?」

「そうじゃない。間違えるのは人間だ。見当はずれの星を道しるべにしてしまったり、星の並び方や光り方を都合良く解釈したりして、間違える」

きみだってそうだ、とおじさんは言う。

「困ったときには、甘やかしてくれる星を探して、見つけて、すがった」

ぼくは首を横に振った。でも、口に出して「違います」とは言えなかった。

「この星は正しい道しるべにはならないとわかっていても、ついていった」

ぼくの首はもう、ぴくりとも動かない。

「もしも、交差点を渡る瞬間にも、その星を見つめていたら――」

おじさんは「きみはここにはいない」と、ぴしゃりと言った。「いまごろは救急病院の霊安室で、両親と涙のご対面だ」

トラックに撥《は》ねられて、そのまま死んでいた、ということなのだろうか――。

「危ないところだったな」

おじさんは笑って言ってくれたけど、ぼくはうまく笑い返すことができなかった。

＊

シュウヘイは今日も、休み時間のたびにフジタやワタナベたちに取り囲まれて、いじられていた。

七月に入ってから、ずっとそうだ。

明日から期末試験が始まる。部活動は一週間前から活動中止になり、学校全体が試験モードになっていた。

クラスのみんなは休み時間にも試験勉強をしていたけど、フジタやワタナベは違った。二人とも中間試験の成績はかなり悪かったはずなのに、開き直っているのか、ちっとも勉強をしない。休み時間になると退屈を持て余して、「親友」のシュウヘイの席に行き、体をほぐしてやるからという「友情」でプロレスの技をかけたり、勉強を手伝ってやるという「友情」で英語の教科書にSEXと書いたりした。

やめろよお、なにするんだよお、痛い痛い、ギブ、ギブアップ、うわ、息が詰まって死ぬところだった、嘘じゃないって……え、マジ、なに考えてんだよ、消せる？　消える？　消えても跡が残ってるじゃん、うわ、サイテー……。

シュウヘイは嫌がっている。怒っている。でも笑っている。うんと遠くから見ていたら、シュウヘイは人気者だ。もっと遠くからだと、シュウヘイの笑顔しか見えない。笑い声しか聞こえない。

クラスのみんなも、シュウヘイがほんとうは困っていることはわかっていた。でも、誰かが見かねて注意しても、フジタやワタナベは「親友」や「友情」という言い訳を並べ立ててごまかすし、なによりシュウヘイ本人が笑っているのだ。いじめを心配する同級生に「全然違うって、だいじょうぶだよ」と笑顔で打ち消す。フジタやワタナベに脅されているわけでもないのに、「オレ、いじられキャラだから」と笑って話を終えてしまうのだ。

もちろん、みんなそれを真に受けて、すっかり安心していたというわけではない。

気になっていた。心配していた。でも、それだけ――期末試験の前で忙しくて、自分の勉強のことで頭が一杯だったのだ。

放課後、日直だったぼくは黒板消しの掃除や学級日誌の提出などの仕事を終えたあと、職員室を訪ねて、数学の文章題について先生に質問をした。

試験前の職員室は生徒立ち入り禁止なので、戸口から先生を呼び出して、廊下で質問に答えてもらわなくてはいけない。そういうルールがいかにも中学校らしい厳しさで、ウチの学校はまわりの学校の中でも特に生活指導にうるさく、校則も靴下の色まで細かく決められていて……入学してから、なんだかひどく疲れてしまった。クラスのみんなもそうだと言っていた。クラス担任の先生には「まだ小学生気分が抜けていない証拠だ」と叱られてしまうのだけど。

とにかく、今日の放課後は学校を出るのが遅くなってしまった。早くウチに帰って、早く試験勉強をしなくては。

校則では、通学路が生徒一人ずつに決められている。生活指導部の先生たちが、防犯カメラの位置と生徒の自宅の住所を照らし合わせて、たとえ少し遠回りになっても「ここを通れば学校からウチまで途切れずに映像が残る」という道順を指定するのだ。

もっとも、二年生や三年生の先輩たちはこっそり近道を通っているし、同じクラスにも、すでに通学路を変えてしまった生徒もいる。ぼくはずっと校則を守って、遠回りを続けていた。でも、今日は――。

いまにして思えば虫の報《しら》せみたいなものがあったのだろうか、入学してから初めて、中央公園を通った。ジョギングロードが整備され、ボール遊びも許可されている中央公園は学区内で一番広い公園で、そこを突っ切ると通学路なら二十分近くかかる道のりが五、六分は短縮できる。

急ぎ足で公園の中を進んでいると、木立の向こうから耳慣れた笑い声が聞こえた。

マジかよ、もうやめろって、痛いって言ってんじゃん、ほら、シャレになんないって……。

シュウヘイの声だ。さらに何人かの笑い声も聞こえた。こっちもわかる。フジタだ。ワタナベだ。あと、少し遠慮がちに、スガノとヤジマも笑っていた。音がする。これも聞き覚えがある。サッカーボールを蹴る音だ。さらに、そのボールがコンクリートの壁にぶつかる音も。

ためらいながらも、見つからないように気をつけて、声のするほうに近づいていった。

木立を抜けると、壁打ちテニスのコーナーだった。その壁を背にして、シュウヘイが立っている。

そこにサッカーボールが飛んでくる。シュウヘイと向き合った位置にいるフジタが蹴ったのだ。

シュウヘイは体をよじってボールをかわした。すると、「うまいうまい！　いいじゃん、だいぶうまくなったよ！」とフジタが笑う。「もうちょっと慣れたらだいじょうぶだよ。反射神経、めっちゃ上がる！」

壁に跳ね返って戻ってきたボールを、今度はワタナベが足元に置いて、シュートする。ボールはシュウヘイを目がけて飛んでいく。シュウヘイは頭を両手で抱え、身をかがめて……肘にボールが当たってしまった。

「あたたたっ！」

シュウヘイが叫ぶ。でも、笑っている。

ワタナベはガッツポーズをして、「シュウヘイ、おまえいま、自分から当たりに行ってなかった？」と笑いながら言う。フジタも「え、マジ？　おまえ、なんなんだよ、オレのときだけ本気で逃げてんじゃねーよ」と笑う。二人から離れた場所で球拾いを引き受けているスガノとヤジマとイシイも、へらへら笑っていた。

みんなが笑っている。でも、痛い思いをしているのは、シュウヘイだけ――。

しばらく見ていると、いきさつがわかった。フジタとワタナベは、「親友」のシュウヘイの反射神経を鍛えてやろうという「友情」で、サッカーボールをぶつけているのだ。

サッカーの試合のペナルティーキックのように——でも、距離はペナルティーキックよりもずっと近いし、なにより、ゴールキーパーに捕られないように蹴るのではなく、二人はシュウヘイを狙って蹴っているのだ。

シュウヘイは何度もボールをぶつけられた。身をかわして逃げたら怒られて、罰ゲームとして距離をうんと近づけられた。うまく逃げても、そういうときにかぎって、壁に跳ね返ったボールが後頭部を直撃してしまう……。

「もういいよ、特訓たくさんしたから、もうオッケー、おしまいっ」

シュウヘイは、たったいまボールをぶつけられた右のすねをさすりながら言った。でも、こういうときにも笑っている。

「サンキュー、ありがと、オレもう反射神経目覚めたから、ビシッ！」

四月からオンエアしている特撮ヒーローの決めポーズまでつくって、おどける。でも、フジタとワタナベはまだシュウヘイを解放してくれなかった。

「じゃあ、十回連続で逃げたら合格な」

口ではそう言いながら、さっきまでより距離を詰めて蹴っていく。ボールが脚に当たり、おなかに当たり、肩に当たって、腕でカバーしていても顔面に当たる。

「やめろよお、近いって、近すぎるって、こんなの絶対によけられないじゃん、ひでーっ、なに考えてんだよお……」

シュウヘイの声は笑っていても、しだいに悲鳴のような訴えが交じってきた。

そう、ぼくはもう、わかっていたのだ。

シュウヘイは笑いながら悲鳴をあげていた。笑いながら泣いていた。笑いながら怒っていて、でも怒ってもどうにもならないとあきらめて、だから笑いつづけるしかなかった。

いままでだってそうだった。ぼくは、いまわかったわけじゃない。もうずっと前から、わかっていたのだ。

シュウヘイは助けを求めている。笑いながら、誰か来てよお、と訴えている。助けて、お願い、もう嫌だよ、と泣いているのに、笑っている。

でも、ぼくは木立の陰に身を隠したまま、動かなかった。早く帰らなきゃ、早く帰って勉強しなきゃ、明日から期末試験だから、こんなところにいる時間なんてないんだから、と自分に言い聞かせていた。

「明日からテストだから、もういいじゃん、帰ろうよ、オレ、勉強する、バカだけど勉強しないともっとバカになっちゃうよーん……」

おどけて言っても、フジタもワタナベもはなから聞く耳は持っていない。

「……早くやめようよ」

シュウヘイはあきらめ半分で言って、ふと、こっちを見た。ぼくに気づいた――かどうかは、わからない。でも、目は合った。表情が微妙に変わった。ぼくがいるのを喜んでいるように見えた。ぼくに、助けて、お願い、とすがっているようにも見えた。

でも、ぼくはなにもしなかった。動かなかった。だって、シュウヘイは、ぼくにも笑っていたのだから。笑っているのは楽しいときだから、とぼくは思っているから。

フジタがボールを足元に置いた。明らかにさっきまでより距離を縮めた。助走をつけて蹴ったボールは、まっすぐにシュウヘイの顔面に向かって飛んでいった。シュウヘイは両手でガードしたけど、勢いのついたボールはそのガードを撥ね飛ばして、重たいものがひしゃげるような嫌な音とともに顔面に突き刺さった。

ボールが落ちる、と同時に、シュウヘイはその場に崩れ落ちた。鼻血が出ていた。出血は口からもあった。口の中を切ったか、もしかしたら歯が折れたかもしれない。噴き出すように激しく流れた。

それを見たフジタやワタナベたちは、急に動揺して、お互いに責任をなすりつける二言三言の言い争いのあと、シュウヘイを介抱することもなく、我先にと逃げだしてしまった。

残されたシュウヘイは鼻の下や口元を血で赤く染めた顔で、こっちを見た。ぼくを捜していた。

でも、ぼくはシュウヘイと再び目が合う前に、逃げた。ケガをしたシュウヘイに背を向けて、ひとりぼっちのシュウヘイを置き去りにして、逃げてしまった。

だって忙しいし、早く帰って勉強しなくちゃいけないし、中央公園は通学路じゃないし、通学路じゃないところを通っていたとわかったら先生に叱られるし、シュウヘイは笑っていたし、自分からボケていたし、フジタもワタナベも「友情」で「親友」の反射神経を鍛える特訓をしていたのだし、シュウヘイはずっと、いじられキャラだったのだし……。

全力疾走で中央公園を出て、外の通りに戻って、素知らぬ顔で歩いていても、頭の中ではシュウヘイのことばかり考えていた。

いますぐ戻れば間に合うだろうか。シュウヘイはまだあそこにいるだろうか。でも、戻って、なにを言えばいいのだろう。どう謝れば許してもらえるのだろう。そもそも謝るって、なにを？　オレ、悪いこと、なにかしたっけ……してるっけ……してるかな……どうなんだろう……わかんない……悪いこと、してる、やっぱり……絶対に……ずっと……。

ぼくを甘やかして許してくれていた星が、消えた。

横断歩道があった。渡った。信号がどうだったかは覚えていない。

クラクションが聞こえた。左を見ると、トラックが迫っていた。

怖い、と思う間すら、なかった。

＊

「ああ、あった、あそこだ」

おじさんは前方を指差して、足を速めた。

目を凝らしてもぼくにはなにもわからなかったけど、おじさんは一人で先に行くと、足元からなにか拾い上げた。光っている。ホタルのように、明るくなったり暗くなったりを繰り返す。

「これ？」

「ああ、そうだ」

星のかけらと言うからには、もっとまばゆい光を放っているかと思っていた。でも、おじさんの手の中にある星のかけらは、指でつまめるほどの大きさで、光も弱くて、小さくて、頼りなげで……不思議と、温かい。

「これに、どんなさみしさが埋まってるんですか？」

「まあ待てよ、すぐにはわからない。ここからが大切なんだ」

おじさんはその場に座り込み、服のポケットから取り出した耳かきのような小さなノミで、カツカツ、カツカツ、と星のかけらを削りはじめた。

ぼくも隣に座った。最初はおじさんの手元を覗《のぞ》き込んでいた。でも、「まだ時間かかるぞ」と言われたので、夜空に目をやった。

星がたくさんある。いままで気にしたことはなかったけど、うわ、こんなにあったんだ、と驚いた。

「すごいだろう」

おじさんはノミを動かす手を休めずに言った。ぼくの胸の内は、また見抜かれた。

「星は、ほんとうにたくさんある」

「はい……」

「かぞえきれないだろ」

「ええ……」

「きみはときどき、かぞえきれないものを見たほうがいい」

「なんで?」

「自分は小さくて、世界は大きい。それがよくわかる」

カツカツ、カツカツ、とノミの音のテンポは変わらない。おじさんの口調も淡々としたまま、話は続いた。

「きみの夜空に浮かぶ、かぞえきれない星の中には、もしかしたら四つめの星もあるかもしれない」

迷う星。

自分を責める星。

自分を甘やかして許す星。

そして、あとは——。

四つめの星がどんな星なのか、おじさんは説明してくれなかった。

でも、それがほんとうにあるのなら——その可能性がゼロではないんだと考えるだけでも、なんとなく、ほっとする。

「もう少し夜が更けたら、その星が地平線から昇ってくるかもしれないし、雲が流れていくと、いままで隠れていた星が見えるのかもしれない」

おじさんは右手のノミを持ち直し、左手に持った星のかけらの向きも変えて、さらに続けた。

「なにしろ、かぞえきれないほどたくさんあるわけだから……」

しゃべりながら刃先をかけらに当てる。慎重な手つきだった。仕上げの細かい作業に入るのだろう。

「ほんとうはもう、そこに浮かんでいるのに、気づいていないことだってあるかもな」

仕事のついでに一言だけという感じの、軽い口調だった。

でも、その言葉は、耳から胸の奥まで、途中でどこにもひっかかることなく、すうっと届いた。胸の奥に納まってから、粉末の飲み薬が溶けるみたいに、じわじわと響きが大きくなってきた。

ぼくは思わず夜空を見上げた。かぞえきれないほどの星が、視界いっぱいに広がる。そのまましばらく顔を動かさなかった。星の一つひとつを見分けたりかぞえたりするのではなく、ただぼんやりと、夜空の端から端までを受け止めた。

「寝ころがってもいいぞ」

おじさんが言った。「そのほうが、星がよく見える」

ぼくは仰向けに体を倒す。両腕を広げ、両脚も広げて、大の字になった。姿勢が楽になると、視界も広がった。というより、まるで体すべてが目になって、全身で夜空を見つめているように感じる。

夜空は広くて、高くて、遠くて、かぞえきれない星が光る。

ぼくは小さくて。

世界は大きい。

こんなに大きい世界の隅っこで、ぼくは今日、逃げた。昨日までもずっと、逃げていた。

隅っこから、どこへ——一つの隅っこの中の、そのまた隅っこへ。

それ、逃げてない。

そういうのは、追い詰められてる、っていうんだ。

国語の勉強は得意なはずなのに。

＊

おじさんが拾った星のかけらには、離ればなれに暮らす家族のさみしさが埋まっていた。

「パパとママと娘の三人家族なんだけど、パパが遠くの街に出張に行ったきり、帰れなくなったらしい」

出張に出ている間に、ひどい流行《はや》り病が広がって、街から街への移動が禁じられてしまった。パパは我が家に帰れない。ママと娘がパパを訪ねることもできない。病気の広がりは収まる気配を見せず、離ればなれの生活がいつまで続くのかわからない。

そんな家族のさみしさを描くために、おじさんは新しいお話をつくる。

「どんなお話にするか、もう決めてるんですか?」

「いや、これからだ。この時間が大変で、楽しいんだ」

おじさんは笑って、砂の上に座ったまま伸びをした。根を詰めてノミを振るったおかげで、よぶんなものを削り取った星のかけらは、ビー玉ほどの大きさの、きれいな球体になっていた。

ぼくも触らせてもらった。手のひらに載せると、ほんのりと温かい。光っている。でも、まばゆいほどではない。外に向けてキラキラと放たれる光ではなく、透きとおった玉の中に、ミルク色の光が、まるでうずくまるように宿っている感じだった。

その光の中に、さみしさがある――。

しばらく覗き込んだけど、ぼくにはなにも見えない。

「それはそうさ。誰にでも見えるんだったら、俺たちの仕事がなくなる」

おじさんはぼくの手のひらから星のかけらをつまみ上げると、頭上にかざして、

「七夕の話にしようかな」と言った。「きっと、パパもママも娘も、喜んでくれる」

「会わせてあげるんですか?」

おじさんは星のかけらを仰ぎ見たまま、「ちょっと違うな」と首を横に振った。「さみしさは消えない。そのままだ」

「そのままなのに……みんな喜ぶの?」

「喜んでもらうために、おじさんはお話を書くんだ」

「でも、さみしさがなくならないんだったら、みんな喜ばないんじゃないの?」

おじさんはやっとぼくに目を戻し、「そうだな」と苦笑交じりにうなずいた。「喜ん

でもらえないかもな」――意外にあっさりと認めて、続けた。

「でも、これしかできないんだ」

「なんで?」

「さみしさをきれいに消すのは得意じゃないし、正直に言うと、好きでもないんだ」

「……なんで?」

「そういう性格なんだよ」

じゃあ、なんでこんな仕事をしているのだろう――。

よくわからない。

ただ、さっき、おじさん自身もさみしいんだと言っていたっけ。おじさんは、自分自身のさみしさを消すのも苦手で、好きじゃないのだろうか。

訊こうかどうか迷っているうちに、おじさんは星のかけらをシャツのポケットに入れて、また座ったまま、あくび交じりの伸びをした。

「これからどうするんですか?」

「もうすぐ朝になる」

「――え?」

思わず夜空を仰いだ。地平線のほうにも目を向けた。でも、空が白んできた気配はない。

「夜空が消えたら朝だ。さっきも言っただろう、ここには時間や距離の感覚はないんだ。ほんの一瞬で、いまきみがいるこの世界は消えて、きみは元の世界に戻る。道に迷ってあてもなく歩きつづけたら、不意に元の道に出ることがあるだろ。それと同じだ」

「いつ……消えるんですか」

「きみが望めば、いつだって」

「ぼく？」

「ああ。きみが決めることだ」

「おじさんは……」

「ここにいる。でも、きみが元の世界に戻ったのを確かめたら、俺もさっさとひきあげる。書斎の机の前に戻って、急いで仕事だ」

ほんとうは、おじさんはいますぐにでもここからひきあげることができる。でも、そうなると、ぼくはひとりぼっちで夜の砂漠に取り残されてしまう。

「さすがに困るだろう、きみだって」

「ええ……」

うまく想像できないまま、うなずいた。

「俺だって困るよ。ここは俺の心の中なんだから。本人がいないのに、迷子の中学生がいるっていうのも、なんというか、落ち着かないだろ。背中がむずむずするぞ」

おじさんは言葉どおり体をくねらせて、笑う。もっとも、おどけることには慣れていないのか、ぼくがあまり笑わなかったせいなのか、すぐに照れくさそうに真顔に戻って、続けた。

「まあ、だから、きみが決めればいい。きみがここにいる間は俺も付き合うから」

早くひきあげてくれ、とは言われなかった。

ぼくも、じつは、もうちょっとおじさんのことを知りたい。

「ここにいて、待ってたら、また星のかけらを拾えるんですか？」

「いや、それはちょっと難しいかもな。星が落ちてくるのは一晩に一回か、せいぜい二回だから」

ぼくが砂漠に迷い込んでくる前に、すでにおじさんは一つ拾っていた。

その星のかけらには、遠い国にルーツを持つお母さんと娘がいた。よそもの扱いされながらも明るく元気なお母さんと、そんなお母さんに振り回されながらも憎めずにいる娘のお話にする――という。

おじさんはあらためてポケットから二つの星のかけらを取り出した。

手のひらの上で並べてみると、二つの大きさはほとんど同じでも、光の色合いが微妙に違う。

「でも、どっちもきれいだろ?」

「はい……」

「そっちはコスモスの季節の話にしようと思ってるんだ。だから、秋だな」

「あの……でも、その話って、さみしいんですか?」

きょとんとして訊くぼくに、おじさんは逆に意外そうな顔になった。

「さみしくないか?」

「だって、明るくて元気なんだったら……」

ぼくの答えに、おじさんは、なるほどな、と苦笑してうなずいた。

「中学一年生にはまだ難しいかもしれないけど、明るくて元気なさみしさって、世の中にはたくさんあるんだ」

「はあ……」

「さみしさがつくる明るさや元気だってある。カラ元気とか強がりじゃなくて、さみしくて明るい人や、元気でさみしい人が、俺は、好きだ」

言葉のおしまいのほうは、自分で確かめるように一語一語を区切って言った。

ぼくには「さみしくて明るい人」や「元気でさみしい人」がうまく想像できない。

でも、いまの言葉が、おじさんにとってとても大事なことなんだろうな、というのは感じ取れたから――。

「おじさんも、さみしいんですよね」

少しだけ間を置いて、おじさんは「ああ」とうなずいた。「さみしい」

「ずっと？」

「ああ、ずっとだ」

「……なんで？」

「嘘をついてるから、だ」

「――え？」

「さみしいから嘘をついて、嘘をついたせいで、もっとさみしくなる」

どう話を続ければいいのかわからなくなって、ぼくは黙り込んだ。

おじさんもそれ以上はなにも言わず、手のひらに並べた二つの星のかけらを見つめる。

沈黙の中、星のかけらがどちらも、ゆっくりと息をした。違う、光がふわりと揺れた。ふくらんで、しぼんで、少し明るくなって、少し暗くなる。

おじさんはそれを見て、二つの星のかけらに微笑《ほほえ》んだ。ありがとう、の形に口元が動いたようにも見えた。

そうか、と気づいた。夜空がその人の心なら、夜空に浮かぶ星はみんな、その人の心の一部なのかもしれない。

おじさんはまた話を続けた。

「ほんとうは待ってるんだ、ずっと。今度落ちてくる星のかけらに、俺たちがいるんじゃないか。それをずっと、もう、何年も何年も、待ちつづけてるんだ」

「俺たち、って……」

「俺の家族だ。俺と、カミさんと、あと、娘が一人」

「あの……朝になれば会えるんじゃないんですか?」

「写真立ての中にいる」

二つの星のかけらは、また光を揺らした。さっきよりもさらにゆっくり、明るさの変化もゆるやかになった。まるで背中をさすっているような優しい光だった。

*

ぼくたちは砂漠を歩いた。

おじさんが先に歩きだして、ぼくも隣に並んだ。どこに向かっているのかは知らない。ただ、ここは時間も距離もない世界なのだから、いくら歩いても疲れることはない。ふわふわと浮かぶように、ぼくたちは静かな砂漠を進んでいった。

おじさんは歩きながら、ペンネームを教えてくれた。ぼくも知っている名前だった。

本を書店で買ったことや学校の図書室で借りたことはなかったけど、両親は文庫本を持っていたと思う。あと、何年か前にテレビドラマにもなって、それは家族で観ていた。

「お父さんが、マンションの自治会長になっちゃった話ですよね」

「ああ、そうそう」

「ピアノの騒音問題とか、ペットを黙って飼ってる人がいるとか、飛び降り自殺未遂とか、いろんな事件が起きて……」

「よく覚えてるなあ」

おじさんは少し照れくさそうに言った。

「おじさんも自治会長だったんですか？」

違う違う、と苦笑いで打ち消された。

「頭の中で想像して、あとは取材をして書いたんだ」

「ストーリーとか、登場人物とか……」

「みんなフィクションだ」

おじさんはそう言ったあと、「つくりもので、要するに、嘘だ」と付け加えた。

中学一年生には「フィクション」という英語は難しすぎると思ったのか、それとも、おじさん自身がその言葉で言い換えたかったのだろうか。

さっきも嘘の話をした。嘘をついているからずっとさみしい、と言っていた。あのときはどう話を続ければいいかわからずに黙り込んでしまったけど、歩いているほうが話しやすい。思いきって訊いてみた。

「おじさんは、嘘をついてるんですか?」

おじさんは一瞬、顔をこわばらせた。

「まあ、小説は嘘だからな。言ってみればプロの嘘つきだ」

「……それだけ?」

もっと思いきって訊いた。

おじさんは今度は頬をゆるめた。あはっ、と空気が抜けたように笑って、夜空を見上げた。

「おじさんは、今日、嘘の世界でおじいさんになったんだ」

「嘘の世界って……小説で、っていうことですか」

空を見たままうなずいて、「長い長い小説を書いてるんだ」と続けた。「休みをたっぷり入れながらだけど、二十年近く前から」

二、三年に一冊のペースでまとめながら、ゆっくりと少しずつ書き継いでいった。ベストセラーになったり話題を呼んだりしたわけではない。もともと地味な作家の、知る人ぞ知るといったシリーズなのだという。

「でも、新作を楽しみにしてくれている根強い読者がいて、なんとか途中で打ち切りにならずにすんだ」

言ってもどうせ知らないから、と最初は渋っていたおじさんに、何度も頼んで、シリーズの通しタイトルを教えてもらった。

なっちゃん日和《びより》——。

「聞いたことあるか？」

「……ありません、ごめんなさい」

「謝ることないさ」

両親と娘の三人家族の物語だった。パパとママ、そして、なっちゃん——奈津子《なつこ》。

パパは、売れっ子というほどではなくても仕事に忙しいイラストレーターで、翻訳のアルバイトをしているママは、おっとりして優柔不断なパパに代わって、ご近所や親戚との付き合いでは一家の大黒柱を務めている。

『なっちゃん日和』は、そんな家族の毎日を、小さなエピソードを連ねて綴《つづ》っていくショートストーリーのシリーズだった。

「最初は赤ん坊だったなっちゃんが、少しずつ大きくなっていくっていうのが、ざっくりした物語なんだ。なっちゃんが成長して、パパとママも親として成長する、そういう話なんだ」

波瀾《はらん》万丈ではない。大きな事件が起きるわけでもない。一編ずつの騒動は、なっちゃんが子猫を拾ってきたり、パパが料理に挑戦してボヤを出しそうになったり、ママが中国から来たワガママな女の子を一週間ホームステイさせたり……といった程度のもので、とんでもない悪人は決して登場しないし、トラブルは微妙な苦みやせつなさを残しつつも必ず解決する。

「騒動が去って、ハッピーエンドというわけじゃなくても、とりあえずひと息つくんだ。パパとママはほっとして、なっちゃんの寝顔を見たり、無邪気な笑い声を聞いたりして心が癒されて……」

そういうささやかな幸せを感じる時間を、パパとママは「なっちゃん日和」と名付けたのだ。「ああ、今日は『なっちゃん日和』だなあ」とパパが言って、「明日も『なっちゃん日和』だといいね」とママが微笑む。その繰り返しで日々は過ぎ、歳月は流れていくのだ。

シリーズの巻を重ねるにつれて、五歳、十歳、十五歳と、なっちゃんは大きくなっていく。でも、家族の毎日はたいして変わらない。なっちゃんが特別な才能を開花させたり、パパのイラストが大ブレイクしたり、ママが国際的なプロジェクトに抜擢《ばってき》されたり、という展開もない。なっちゃんが成長して、パパとママが少しずつ歳を取って、というだけの物語なのだ。

「まあ、格好良く言えば、フツーの家族の平凡な日常でつくる大河ドラマだ」

そんなの読んで面白いのかな。正直なところ、ぼくにはよくわからない。でも根強い読者がいたというのだから、ハマる人にはハマるのだろう。

実際、熱心な読者からは「なっちゃんも中学生ですね」と入学祝いが出版社気付で届いたり、高校時代のなっちゃんが不良っぽい先輩に片思いをしていたときには「早くなっちゃんの目を覚まさせて！」と抗議のメールが出版社に寄せられたりしたらしい。

そして、シリーズの前作で結婚をしたなっちゃんは、今日おじさんが書き終えたばかりの最新刊のラストシーンで、赤ちゃんを産んだ。なっちゃんはママになり、パパとママは、おじいちゃんとおばあちゃんになったのだ。

「よかったですね……」

ぼくは思わず言った。赤ん坊だったなっちゃんが、そんなに大きくなった。あらすじしか知らないぼくでも、やっぱりすごいなあ、と思う。

でも、次の瞬間、「あれ？」と声が漏れた。

おじさんはさっき「嘘の世界でおじいさんになった」と言っていた。でも、小説の中でおじいさんになったのはイラストレーターのパパで、おじさんとは別人のはずで……そうじゃないの……？

ぼくの心の中を読み取ったのだろう、おじさんは訊かれる前に、自分の顔を指差して言った。

「なっちゃんのパパは、おじさんだ」

職業を作家からイラストレーターに変えただけ――。

「ママは、おじさんのカミさんだ。小百合《さゆり》さんっていうんだ。サユさんって呼んでた。実際は翻訳じゃなくて、日本語学校の先生だったんだけどな」

しっかり者のところは、サユさんの性格をそのまま移し替えた。

「なっちゃんは、ほんとうは、あっちゃんなんだ」

おじさんの一人娘の名前は明日香《あすか》、あっちゃんだった。

「『あっちゃん日和』という言葉も、おじさんたちが実際に使ってた。それが、『なっちゃん日和』になったんだ。本人そのままの名前や仕事にするのは、やっぱり、ちょっとアレだし」

一話一話のストーリーも――。

「そっくり同じじゃないけど、実際にあったことを参考にして、フィクションのお話を考えた」

そう答えたあと、「中学生の頃までは」と付け加えた。

「高校生からは？」

返事はなかった。

砂漠を歩く足取りが急に遅くなった。

何歩か先に進んでしまったぼくは、足を止め、振り向いて、「じゃあ――」と質問を変えた。

「赤ちゃんを産んだのも、なっちゃんじゃなくて、あっちゃんだったんですか?」

おじさんは立ち止まる。ぼくと向き合って、さみしそうに、笑った。

「さっき言っただろう? 嘘の世界だ」

おじさんは笑顔のまま首を横に振って、「小説になる前から、嘘なんだ」と言った。

「小説だから――」

なっちゃんは小説だから、嘘。

あっちゃんは、現実におじさんの娘だから、ほんとう。

イラストレーターのパパは小説だから、嘘。

おじさんは、現実にいるから、ほんとう。

でも、あっちゃんが赤ちゃんを産んで、おじさんがおじいさんになったというのは、嘘――。

まさか、と思った。

でも、それを口に出すのが、怖い。

言葉に詰まったぼくに、おじさんは「きみは優しい性格だな」と笑って、ぼくの言えないことをぜんぶ、自分から話してくれた。

「あっちゃんも、サユさんも、いないんだ、もう」

まさか、が当たってしまった。

「あっちゃんが高校一年生のときに、サユさんが車を運転して、あっちゃんが助手席に座ってて……」

十年前の、雨の日だった。サユさんは少しだけスピードを出しすぎていた。カーブの手前で、路面に溜まった水にスリップした。ハンドル操作が追いつかず、急ブレーキが裏目に出て、制御不能になった車はガードレールを突き抜けて、電柱に激突した。

「実況見分と救急車の隊員の話によると、一瞬だったみたいだ。二人とも痛みに苦しむことはなかったようだから、それは……うん、それは、やっぱり、よかったと思う」

事故のことは、小さな新聞記事やテレビの地域ニュースの「その他」のコーナーで報じられた。亡くなった二人が作家の妻と娘だというところまで伝えたメディアはなかった。

「なにしろ地味な作家だし、連絡も身内と二人の関係者だけに絞ったから、こっちの仕事仲間は誰も知らないはずだ」

「……教えなかったんですか?」

おじさんはまた、さみしそうに笑って、「そういう性格なんだ」と言った。「偏屈で、たぶん、見栄っぱりなんだよ」

よくわからない。でも、ここはしつこく「なんで?」と訊くところじゃないよな、ということだけは、わかる。

おじさんもすぐに話を戻した。

「田舎の親の具合が悪いことにして、半年ほど仕事をセーブした。さすがにしんどかったからな」

家族を亡くしたショックから少しずつ立ち直って、二人の一周忌を終えた頃には、以前とほぼ変わらないペースで仕事ができるようになっていた。

「ちょうどそこで、事故の前から決まってた『なっちゃん日和』の新作を書くタイミングが来たんだ」

他の小説はフィクションだと割り切ることができても、このシリーズは違う。実生活に寄り添いすぎる。

「とても書けないと思った。もう前作で打ち切りにしてもらおう、とも考えた。でも、ここでシリーズをやめると、サユさんも、あっちゃんも、ほんとうに消えてなくなってしまうような気がして……」

高校に入学したなっちゃんを描いた。

せつない失恋をしたり、大親友ができたり、地球の環境問題を勉強してショックを受けたりしながら、なっちゃんは少しずつ、着実に、おとなになっていく。

腫れ物に触るようだった中学生時代がようやく終わったものの、別の意味でなにかと大変な女子高生のなっちゃんに、パパとママは右往左往しながら、子育ての日々のラストスパートをがんばっていった。

自分でも驚くほど、筆が進んだ。

本人はもういない。いないのに、小説の世界——嘘の世界では、いままでと変わらず、いや、それ以上に活き活きと、笑ったり泣いたり、怒ったり喜んだりしている。

「祈りを込めたんだ。せめて、この小説の中では、ずっと元気に生きていてほしい。毎日の小さなトラブルに、落ち込んだり悩んだりしながら、それでも、ささやかな幸せを、なっちゃん日和を大切にして……ずっと、この小説の中ではずっと、いままでどおりの二人でいてほしい……」

担当編集者は出来映えをとてもほめてくれた。「シリーズ最高傑作じゃないですか」と声をはずませ、「なんか、ここに来て、フェーズが上がった気がしました」とも言った。

刊行後の読者の反響も上々だった。売れ行きこそいつもどおりの低空飛行だったが、シリーズを初期から読みつづけている読者からは「一皮むけた気がしました」「なっちゃんが、ひときわ可愛らしかったです」と、絶賛のコメントが相次いだ。

「最初は俺もうれしかった。カミさんも娘も、現実の命は断ち切られても、こうやって、小説の中でずっと生きることができるわけだから、小説って、すごいよなあ、って……ほんとうに、うれしかったんだ」

その後もシリーズは続いた。

なっちゃんは大学受験で大きな決断をした。東京の大学ではなく、地方都市にある国際大学に進学したのだ。さらに、数十ヶ国から学生が集まるキャンパスでよほど刺激を受けたのだろう、カナダの大学に一年間の留学もした。

「一人暮らしと留学が、明日香の夢だったんだ。実際には、一人暮らしはともかく、外国で暮らす勇気は湧かなかったかもしれないけど……行かせてやりたかったんだ」

ママもアジアから来た留学生を支援するNPOに参加して、忙しくなった。これもサユさん自身の夢だった。

「子育てが一段落ついたら、なにかボランティアをやりたいって言ってたんだ。だから、娘が留学してるぶん、こっちに来てる学生さんを支援するのがいいかなと思って」

その頃のパパの大ニュースは、運動不足とお酒好きなことがたたって痛風を発症してしまったことだった。

「これだけは、ほんとうの話だ」

おじさんは苦笑して、「肝臓もかなりやられてたんだけど、そこまで書くと、話が暗くなっちゃうからな」と、さらに苦みのこもった笑顔になった。

そんなふうに、なっちゃんとママは——あっちゃんとサユさんは、小説の世界で生きつづけた。

「影絵って、知ってるか」

「はい……指でキツネとかつくって……」

「そう。障子や壁に影を映すんだ」

なっちゃんとママは、その影絵だった。でも、影絵をつくるもともとの指は、もうなくなってしまった。なのに、影だけがずっと残っている。

「おかしいよな、それは、やっぱり」

おじさんは再婚はしなかった。仕事の関係者とプライベートな付き合いはしない流儀なので、家族を亡くしたおじさんの生活の変化に気づく人はいなかった。

「でも、どんどん、しんどくなってきた。さみしくて、さみしくて、たまらなくなった」

おじさんは胸の奥に居座ったさみしさを取り去りたくて、シリーズを書き進めた。

嘘をつきつづけた。でも、さみしさは、決して消えることはない。砂に穴を掘るように、すくい取ったかと思えばまた縁から崩れて、穴が埋まってしまうのだ。

なっちゃんは就職した。フェアトレードのチョコレートの生産と流通を手がけるベンチャー企業に入ったのだ。

「社会貢献なんて大げさなものじゃなくても、とにかく、ずるいことをしてお金を稼ぐような仕事には就いてほしくなかったんだ、あの子には」

「あの子」が指しているのは、なっちゃんなのか、あっちゃんなのか。ぼくは黙ってうなずくだけだった。

パパとママは銀婚式を迎えた。そろって老眼鏡をつくり、なっちゃんからお祝いでプレゼントしてもらった旅行券でハワイに出かけた。二人きりで海外に出かけたのは、同じくハワイを旅した新婚旅行以来だった。ダイヤモンドヘッドを望むホテルのテラスで夕陽を眺めながら、パパもママも、なっちゃんのいない「なっちゃん日和」を満喫していたのだ。

なっちゃんは結婚をした。相手の人は、お金儲けや出世はできそうにないけど、優しい人だった。

「パパは、それなりに理屈をつけて反対したんだ。でも、途中でなっちゃんはママを援軍につけて……そうなったら、もう、勝てないさ。わからず屋の頑固親父をほんのちょっとやらせてもらっただけでも、いいよ」

結婚式でパパは泣いた。

「作家としては、ちょっとひねりに欠ける展開で、担当の編集者からもダメ出しがないわけでもなかったんだが……まあ、そこは勘弁してもらった」

でも、なっちゃんとは違って、我が家の写真立ての中のあっちゃんは、おとなにはならない。サユさんも歳を取らない。ただ写真が色褪《あ》せていくだけだった。

その頃から、おじさんは砂漠で長い夜を過ごすようになった。一人で、ぽつんと砂の上に座って、夜空を見上げる。ときどき星が流れる。さみしさが落ちてくる。

「もしかしたら、と思うんだ。もしかしたら、いま落ちてきたのは、俺のさみしさじゃないか、って……」

だとすれば、そこには、あっちゃんがいる。サユさんもいる。あの頃の自分だっている。

会いたい。胸を躍らせて、星のかけらを拾いに行く。

「でも、そんなに都合良くはいかないよな。かぞえきれないほどあるんだから、とにかく」

星のかけらに浮かぶのは、おじさんの知らない人たちのさみしさばかりだった。

最初はがっかりして、その場にまた放り捨てていたけど、かけらを覗き込んでよく見ると、みんな赤の他人なのに、不思議となつかしく思えてきた。

「昔どこかで一緒だったというなつかしさとは、ちょっと違うんだ。俺たちみんな、胸にあるものがおんなじなんだな、っていうなつかしさだ」

おじさんは、なつかしさを漢字で書くと、懐かしさ——ふところの「懐」なのだと教えてくれた。

「わかるよな、ふところ」

両腕を前に出し、顎を振って腕と胸に囲まれたところをジェスチャーで示しながら、「ここに同じものがあるんだ」と、顔を上げて笑う。「さみしさは人それぞれでも、さみしさのある場所は、みんな、ここだ」

だから、なつかしい。

おじさんはポケットから今夜拾った二つの星のかけらを取り出して、手のひらに載せた。

「さみしさを、しっかり書かなきゃな。がんばるよ」

星のかけらに語りかける。

「さみしさは消えないけど、まあ、お互いなんとかやっていこう」

星のかけらの光が、二つとも、ふわっと明るくなって、また元に戻った。

おじさんの声が聞こえるのだろうか。ぼくには光の中にいる人の姿は見えないけど、その人たちはいまおじさんと向き合って、よろしくお願いします、と言っているのかもしれない。

「さみしい話ばかり、たくさん書いてきた」

おじさんは星のかけらをポケットに戻し、夜空を見上げた。

「でも、まだ、こんなにもたくさん……かぞえきれないほど、さみしさはある」

その中に、おじさん自身のさみしさも――。

「コウキくんは『星の王子さま』というお話を知ってるか?」

「……はい」

「読んだこと、あるかな」

「五年生の夏休みに」

「じゃあ覚えてるかな、ラスト近くの場面、王子さまが語り手の『ぼく』にお別れを告げるところなんだけど」

「ごめんなさい……なんとなくしか」

「いいんだ、ふつうはそうだ。俺は特に好きだったから、覚えた。それだけだ」

おじさんは笑って目をつぶり、その一節をそらんじた。

「……ぼくは、あの星のなかの一つに住むんだ。その一つの星のなかで笑うんだ……」

あ、そうだ。それだ。思いだした。細かい言い回しまではわからなくても、王子さまは確かに、お別れにそんなことを言っていたのだ。

「……だから、きみが夜、空をながめたら、星がみんな笑ってるように見えるだろう……」

おじさんは目を開けた。

「かぞえきれない星のどれか一つに大切な友だちがいるんだと信じていたら、すべての星が好きになる。そうだろう？」

ぼくは黙ってうなずいた。

「今日は会えなくても、明日、会えるかもしれない。明日会えなくても、あさって会えるかもしれない。星はかぞえきれないんだ。最後の一つまでかぞえきったと思っていても、その次の星が、あるんだ」

おじさんはぼくをじっと見て、言った。

「それを希望っていうんじゃないのかな」

ぼくはまた、黙ってうなずいた。なにか応えたほうがいいのはわかっていても、言葉で伝えようとしても、絶対に伝えきれないものがあるんだと思う――かぞえきれない星と同じように。

「この夜空はさみしい。おじさんは、ほんとうにさみしい。でも、希望は、あるんだ」

だから、と続けた。

「きみが迷い込んできた」

「……ぼくも、関係あるんですか？」

「きみはまだ間に合う。希望がある。今日までのきみは、ずるくて、ひきようで、臆病だった。でも、明日のきみは……まだ、間に合うんだ」

かぞえきれない星のように、ぼくにも、かぞえきったと思ったあとの、その次がある――。

あるのなら――。

あってほしいから――。

ぼくはもう、絶対に、それを手放さない。

「ずっとひとりぼっちでいても、たまに、きみのような子どもが来る。話し相手になってくれるし、別れるときには、最初よりも元気な顔で笑ってくれる。うれしいよ。だから、ほんとうは、俺はさみしくなんかないのかもしれないな」

もしもそうだったら、ぼくもうれしい。

「さあ、もういいだろう、そろそろ帰りなさい。名残惜しいけど、ここは俺の夜空だ。そろそろ、さみしい夜空を見上げるおじさんらしく、ひとりぼっちにしてもらおうか」

「でも……」

「きみは、まだ間に合う。早く帰りなさい」

「帰ったら、もう、ここには……来られないんですか」

「それはそうさ。迷い込んで来ただけなんだから。もう迷子になっちゃだめだ。もっと楽しいことや、うれしいことや、ちょっとだけ悲しいことのある夜空を見て、おとなになっていかなきゃな」

「……もう会えないんですか？」

「ああ、会えない」

きっぱりと言われてしまうと、ぼくももう、なにも返せない。

ためらいながらも、しかたなくうなずいた。

そのとき、おじさんが背にした夜空を星が流れ落ちた。

ぼくは思わず「あっ」と声をあげ、星が流れた方角を指差した。

「どうした？」

「……星」

おじさんも驚いて振り向いた。一晩に一つあるかないか、多くてもせいぜい二つの流れ星が、今夜、三つめ――。

「おじさん、ぼく、もうちょっとだけここにいていいですか」

「――え?」

「星、拾ってください」

その星のかけらの中に、あっちゃんがいて、サユさんがいて、おじさんがいれば、ぼくはほんとうに、心の底から幸せ一杯になって、元の世界に帰れるような気がするのだ。

おじさんは黙って、星の落ちた方角に向かって歩きだした。

ぼくもあとを追って歩く。「一緒に行こう」と言ってくれたわけではない。でも、「来るんじゃない」とも言われなかった。しばらくたった頃、思いきって、隣に並んでみた。

おじさんは、やれやれ、と苦笑して、今日の昼間に書き終えたばかりの『なっちゃん日和』のラストシーンについて教えてくれた。

*

なっちゃんは赤ちゃんを産んだ。予定日より少し早く産気づいて、一晩以上かかる難産にはなったけど、元気な男の子が生まれた。

なっちゃんはお母さんになり、パパとママはおじいちゃんとおばあちゃんになった。長い長い家族の物語は、ひとまずの締めくくりを迎えた。長い長い嘘が、終わる。

「新しい命が生まれたんだ。明日香は喜んでくれる。カミさんも喜んでくれる。たとえ喜んでもらえなくても、二人は、俺に言ってくれるさ。お疲れさま、って……」

ぼくもそう思う。

「おじさん」が「おじいさん」になった。一文字増えるだけでも、すごい。ぼくたちの「いじめ」と「いじり」とは全然違う。

さらに、いま、ふと思った。

星のおうじさま。

星のおじさま。

星のおじいさま。

なんの意味もないことだけど、こういうのっていいな、と思う。

だから、ほんとうは期待していた。大切な区切りを終えたのだから、今日は特別な一日なのだから——さみしかったおじさんが、最後の最後に、家族と会えるといい。

おじさんは、「ああ、ここだ、あった」と言って、砂に埋まりかけた星のかけらを拾い上げた。

*

『なっちゃん日和』のラストシーンは、二十年近くかけたシリーズの締めくくりとは思えないほど、あっけないものだった。

赤ちゃんが生まれたという報せを受けて、ママと一緒に産院に駆けつけたパパは、まだ湯気を立てているような誕生ほやほやの孫と対面して、恐る恐る抱っこもして、看護師さんに初めて「おじいちゃん」と呼ばれた。

パパは感激にひたるよりも、むしょうに照れくさくなってしまい、なっちゃんとろくに言葉も交わさず、早々に産院をひきあげてしまった。

ほんとうはなっちゃんとゆっくり過ごしたかったはずのママも付き合ってくれた。産院の近所の公園を通りかかったときには、パパの胸の内を見透かしたように「ちょっと休んでいく?」とも言ってくれた。

公園のベンチに並んで座った。パパもママも、ほとんど言葉を交わさない。たまに口を開いても、出てくるのは他愛《たわい》のない話ばかりで、なっちゃんも孫も登場しない。

ベンチからは、砂場やジャングルジムやブランコが眺められる。夕方だった。公園にはお母さんに連れられた幼い子どもがたくさんいた。
三、四歳の女の子が、ベンチのすぐ前を、とことこと走ってきた。こてん、と転んだ。女の子はその場にへたり込んだまま泣きだした。でも、お母さんは友だちとのおしゃべりに夢中で、ちっとも気づいてくれない。

パパとママは顔を見合わせた。でも、どちらからともなく、含み笑いでうなずいて、放っておくことにした。すると、女の子は、泣いてもお母さんに気づいてもらえないんだというのを察して、なーんだ、という顔になって泣きやんだ。さらに、なにごともなかったかのように立ち上がって、走りだした。

パパとママは、あらためて目を見交わして、さらに笑みを深めてうなずき合った。なっちゃんもそうだったのだ。甘えん坊で泣き虫かと思いきや、意外とクールで立ち直りが早かったりもする。

そんななっちゃんが、母親になった。

パパとママは、おじいちゃんとおばあちゃんになった。

女の子が走り去ったあと、ママはうれしそうに言った。

「いまの……『なっちゃん日和』だよね」

パパはもっとうれしそうな笑みを浮かべて大きくうなずき、オウム返しに応えた。

「ああ、『なっちゃん日和』だ」

それがラストシーン——おじさんがついてきた長い長い嘘の、締めくくりだった。

＊

おじさんがノミでていねいに削った星のかけらには、おじさんの家族はいなかった。光の中にいたのは、お母さんを亡くしたお姉ちゃんと弟、そしてお父さんの再婚で我が家にやってきた新しいお母さんだった。

ぼくはがっかりしたけど、おじさんは手に持った星のかけらを夜空に透かすように眺めて、「なるほどなあ」とうなずいた。

お盆の話にする、と言った。

「お盆には、亡くなったお母さんが帰ってくるんだ。でも、それは新しいお母さんにとってはさみしい話で……子どもたちにとっても、二人のお母さんがいるというのは、逆に、さみしくてたまらないことだから……」

そのさみしさを描きたい。

「さみしさを消してやったほうが子どもたちは喜ぶかもしれないけど、しょうがないよな、俺はそういう性格だから」

おじさんは、家族にまた会えなかった。

でも、それを残念がっている様子はない。

「カミさんも明日香も、どこかにいるんだ。なにしろ、夜空の星はかぞえきれないほどあるんだからな」

むしろ明日からが楽しみでしかたない、というふうに笑う。

もしも、最後の最後の最後の最後……おじさんが死ぬまで家族に会えなかったら……。

言葉にして訊いたわけではなくても、おじさんはすべてお見通しの顔で言った。

「誰かに会いたいと思ってるとき、ほんとうはもう会えてるのかもしれないな」

会いたいと思えば——その人の顔を思い浮かべれば、もう、会えている——。

だから、とおじさんは続けて、さっきぼくと話したやり取りを持ち出した。

「きみはもう、俺には会えない。でも、会いたいなあと思って、俺の顔を思い浮かべてくれれば、もう、会ってる」

ほんとうかな。なんとなく、うまいぐあいに言いくるめられているような気もしないではないけれど、でも、いいや、ぼくは「はい」と声に出してうなずいた。

おじさんは新しい星のかけらをポケットにしまって、言った。

「今夜だけで三つも集まったぞ。それぞれ違う種類のさみしさだから、小説にするのは大変だけど、がんばらなきゃな」

新しい本を書く。短いお話をいくつも並べた作品集になる。今度もまた、いつものように、さみしさが主題になる。

「せっかくのご縁だから、よかったら、いつか読んでくれよ」

「……はい」

「もしかしたら、きみも登場してるかもな」

え、そうなの、とあせるぼくに、おじさんは「どうせ、あんまり格好良くない役だと思うけどな」と、冗談とも本気ともつかずに笑って、ちょっと姿勢を正した。

「お別れだ。元気で、がんばれ」

「……ありがとうございます」

「きみはまだ間に合う。でも、また間違えるかもしれない」

「……はい」

「かぞえきれないものを、ときどき見るといい」

ぼくを見つめたまま、夜空を指差して、「星がおすすめだ」と笑う。

ぼくも「わかりました」と笑い返してうなずいた。

おじさんは「ところで――」と口調をしかつめらしいものに変えて、言った。

『星の王子さま』のラストは、ちょっと気に入らないんだ」

「王子さま、死んじゃうんですよね……」

「ああ。でも、倒れちゃいけない。それは違う。最後まで砂漠に立って、笑って、見送るのが、王子さまっていうものだろう」

「はあ……」

「さっき、つまらないことを考えてたな。星のおじさまとか、星のおじいさまとか、人のことだと思って、勝手なことばかり想像して」

やはり、すべてお見通しなのだろう。

謝ろうとして頭を下げたら、「いいんだいいんだ」と笑って制された。

「楽しかったよ、ほんとうに、いつもはひとりぼっちだから」

そして、さあ、とぼくを手振りでうながした。

「いつまでも元気でな」

にっこりと笑った。

ぼくも、いまの自分にできる最高の笑顔で、うなずいた。

＊

ぼくは夕暮れの公園にいる。

木立の陰からシュウヘイを見ている。

サッカーボールをぶつけられるシュウヘイの顔には、まだ鼻血はついていない。

だから、間に合う。

ここに戻してくれたのだ、おじさんは。

ぼくはまだ、間に合う。

シュウヘイはフジタとワタナベに言った。

「明日からテストだから、もういいじゃん、帰ろうよ、オレ、勉強する、バカだけど勉強しないともっとバカになっちゃうよーん……」

おどけても、媚《こ》びても、フジタもワタナベもはなから聞く耳は持っていない。

でも、ぼくはまだ、間に合う。

「……早くやめようよ」

シュウヘイはあきらめ半分で言って、ふと、こっちを見た。目が合った。

ぼくは木立から駆けだした。

夜空に浮かぶかぞえきれない星の、かぞえきったと思ったあとに続く、その次の星が、きらりと光った。

初出

こいのぼりのナイショの仕事「小説 野性時代」２０２０年８月号
ともしび「小説 野性時代」２０２０年９月号
（「谷間の小さな村のお話」改題）
天の川の両岸「小説 野性時代」２０２０年10月号

送り火のあとで「小説 野性時代」２０２０年11月号
（「なすびの牛の背にのって」改題）

コスモス「小説 野性時代」２０２０年12月号

原っぱに汽車が停まる夜「小説 野性時代」２０２１年1月号
（「銀河鉄道の通過駅」改題）

かえる神社の年越し「小説 野性時代」２０２１年3月号

花一輪「小説 野性時代」２０２１年4月号
（「鬼の目にも花一輪」改題）

ウメさんの初恋「小説 野性時代」２０２１年5月号
（「おだいりさまとウメさん」改題）

こいのぼりのサイショの仕事　書き下ろし

かぞえきれない星の、その次の星「小説 野性時代」２０２１年7月号・8月号
（参考文献：『星の王子さま』サン＝テグジュペリ／作　内藤濯／訳　岩波文庫）

書籍化にあたり、加筆修正しました。

重松 清

（しげまつ　きよし）

1963年、岡山県生まれ。出版社勤務を経て執筆活動に入る。91年『ビフォア・ラン』でデビュー。99年『ナイフ』で坪田譲治文学賞、『エイジ』で山本周五郎賞、2001年『ビタミンF』で直木賞、10年『十字架』で吉川英治文学賞、14年『ゼツメツ少年』で毎日出版文化賞を受賞。話題作を次々に刊行する傍ら、ルポルタージュやインタビューなども手がける。『定年ゴジラ』『流星ワゴン』『疾走』『きよしこ』『その日のまえに』『きみの友だち』『ステップ』『みぞれ』『とんび』『ファミレス』『赤ヘル1975』『どんまい』『木曜日の子ども』『きみの町で』『ひこばえ』『ルビィ』『ハレルヤ！』『めだか、太平洋を往け』など著書多数。

かぞえきれない星《ほし》の、その次《つぎ》の星《ほし》

令和3年9月17日　初版発行

●お問い合わせ
https://www.kadokawa.co.jp/（「お問い合わせ」へお進みください）
※内容によっては、お答えできない場合があります。
※サポートは日本国内のみとさせていただきます。
※Japanese text only

定価はカバーに表示してあります。

ISBN 978-4-04-111174-1　C0093
JASRAC 出 2106628-101

著者
重松《しげまつ》 清《きよし》

発行者
堀内大示

発行
株式会社KADOKAWA
〒102-8177 東京都千代田区富士見2-13-3
電話　0570-002-301（ナビダイヤル）

印刷所
大日本印刷株式会社

製本所
本間製本株式会社